U0013054

怪奇
博物館

The Strange Museum

怪奇
博物館

The Strange Museum

怪奇
博物館
The Strange Museum
103

Zashiki Warashi

座敷靈

上

夜不語
著

怪奇博物館

The Strange Museum

103

CONTENTS

自序

寫完這本書的時候，剛好是新冠病毒疫情最嚴重的時候。

武漢封城那天我正在吃年夜飯，還沒察覺到事情的嚴重性，甚至還和家人樂呵呵的互相發紅包，搶紅包。

結果到了凌晨十二點，我打開手機在朋友圈一看，臥槽，有點不對勁啊。

朋友圈的畫風不對。

武漢九省通衢，循長江水道行進，可西上巴蜀，東下吳越，向北溯漢水而至豫陝，經洞庭湖南達湘桂。

成都就在巴蜀，長江下游。武漢對內地的作家而言，更是有特殊意義的。大部分民營出版社都在武漢，那裡彙集了眾多的出版人，我在內地的書，本也是武漢的出版社在出版。

所以我的朋友圈裡，武漢的朋友也特別多。

所以武漢封城的那個晚上，朋友圈裡密密麻麻都是武漢的朋友們發的，只有兩個字。

——臥槽！

那一天，武漢的朋友們，同樣也沒有察覺到事情的嚴重性。其中一個住在疫情最嚴重區域的朋友甚至還打趣問我：「夜先生，明天我去成都看你，你敢不敢接待我？」

我嘿嘿兩聲，說了一句保重。

大年三十，雖然武漢封城了，但是並沒有採取最鐵腕的封鎖方式，大部分人還是有機會離開的。坐火車，坐飛機，自駕車，大年初一，大約有四百萬武漢人湧出去，上演了一幕活生生現代版的出埃及記。

事後表明，逃出去的人無論是基於什麼想法，自私也好，恐懼也罷。但這四百萬中感染了新冠肺炎的人，死亡率極低，受到極好的醫療待遇。

而留在武漢的九百萬人，情況每況愈下。

這一點，也能從我的朋友圈裡看得出一二。我是大年初二開始戴口罩的，那時候滿街的藥店，已經買不到口罩、消毒水、酒精了。

還好，就如同每一本書的序言中我都在抱怨成都的霧霾一樣，為了應對霧霾，我每年都會囤積許多 N95 口罩。那幾百個口罩終於派上用場，在這漫長的疫情戰役中，至少我沒有經歷搶口罩的鬱悶。

甚至用不完的口罩，我還捐了一些出去。

而武漢的朋友圈，第一天在種草，第二天在喊無聊，第三天第四天……每一天，武漢的朋友們都在變得越來越沉默。最終幾十個武漢的朋友，在某一天中，徹底從朋友圈中消失得乾乾淨淨，了無痕跡。

十多天後的二月，突然有一個朋友在朋友圈裡發了這麼一條。

「各位兄弟，小弟恐怕中招了。誰有沒有醫院資源可以介紹，小弟我暫時沒有車，不能出門，而且如果要去醫院必須要經過社區通報。自己去醫院，醫院不接收。」

我看了朋友圈連忙打電話給這個朋友，問問情況，他說他已經受不了，太恐懼太害怕了，不管其他，先去醫院再說。

問及醫院的情況，朋友沉默了片刻問：「夜先生，你見過地獄嗎？」

「沒。」我回答。

「我見過了。」

朋友去了新冠肺炎的定點醫院，醫院檢測盒不夠，他也沒有社區的證明。所以醫院最終也沒有給他檢測，只給了他一些基本藥物。

這一點基本藥物，在當時的武漢，也是稀缺物品，在街面上根本買不到。這位朋友回到家，將自己隔離起來。

至今已到三月，我仍舊沒有他的消息，不知道他是否無恙。

新冠病毒疫情來勢洶洶，內地的管控很得力，現在已經控制住了，每天也沒有新增了。

我也從大年初一開始在家裡自我隔離，至今六十多天沒有出過門。

春天已經來臨，每天看到春日陽光無聊，望著樓下，仍舊空城。

今天成都已經沒有新增，整個四川徹底清零。本來鬆了一口氣，結果國外的疫情又嚴重起來，義大利封城，西班牙封城，德國封城。

可能之後，會有越來越多的國家會自我封鎖。

不過看到這本書的大家，疫情應該早已離去，雲淡風輕了吧，不知道那一天什麼時候到來！

夜不語

時間太瘦，指縫太寬。人生如同瘋跑的野馬，一不小心，好好的人生贏家，也會落入深淵。

放心，不是人生贏家的你，自認為見識過十八層地獄的你沒有想到吧。

地獄的地板下，還有比地獄更加可怕的地下室。

他的名字叫，老王叔叔。

老王叔叔愛你，老王叔叔來到你家後，再也不會離開。老王叔叔帶給你家的，只剩下比地獄更加恐怖的風景。

——引子——

「叔叔，你行不行啊？」

聽到一個只比自己小七八歲，兩個孩子的媽媽，而且體重也不比自己輕的女士叫自己叔叔，程康不由得一陣苦笑。

算了算了，怎麼著這好歹也是雇主啊。

他麻利的拿出工具，在全屋搜索起來。而一旁，屋主人手裡牽著自家七歲的男娃，背上還揹著一個女娃，嘴裡不停的絮絮叨叨。

「哎，我真是倒了大楣。本以為買這套房子撿了個大便宜，沒想到卻是個燙手的山芋。奶奶個娘家的仙人板板。」屋主趙女士罵道。

「媽媽，仙人板板是髒話，老師說要洗嘴巴。」萌萌的小正太含著手指，教育媽媽。

趙女士呸呸兩聲，憤憤不平：「本以為我將這家前主人的老底都翻過了，屋子才交房一年，前屋主入住也才幾個月。準新房，絕對沒有死過人，他們急賣，我查了沒問題才買的。結果，這房子可真不簡單。我前幾天上廁所的時候發現馬桶對面的瓷磚上有一個小洞。好奇的湊過去，看仔細了。媽媽咪呀，竟然是一個針孔攝影機。」趙女士打了個哆嗦：「簡直搞不懂了，這又不是出租屋，怎麼會有人裝針孔攝影機偷拍。我老公回來後，我把這件事告訴他，他到處找，又找了好幾處攝影機出來。我住都住不安心了，連忙在網上查到你家公司的電話。這些攝影機安裝得都很隱秘，我怕還有更隱秘的地方也安裝著。一想到自己的生活隨時被人監控，就毛骨悚然，渾身不舒服。」

小正太聽到這兒，偏著腦袋，模模糊糊的說：「媽媽，把我發現的事也告訴叔叔。」

趙女士給了兒子一個爆栗：「你那是疑心生暗鬼。」說著她對程康尷尬的一笑：「別見怪，我兒子老說這個屋子冷得慌，比外面冷多了。還說家裡有別人。我都請了鎮宅符回來了，而且明明這個屋子裡也沒死過人，兒子還在說這些神神叨叨的東西。臭小子。」她轉頭瞪了兒子一眼：「程叔叔是反偷窺獵人，又不是道士。你說的那些高科技治不了，純粹是聽我們大人說的亂七八糟聽多了，胡思亂想。改天我請一個真正的道士，來家裡做場法事。」

「明明屋子裡就有別人嘛，那個人晚上會站在我的床邊上。你看，那個人現在也還在。他戴著白面具，正盯著我們。」小正太弱弱道，但顯然他人小，發言不會被採納，於是只能低著腦袋生悶氣。

不錯，程康是一個反偷窺獵人。他在這座叫陰城的三線小城市開了一家偵探公司，也在做反攝影機偷拍的業務。

畢竟是小城市，光是做偵探，可養不活人。

他一家大大小小六口，要全都靠自己的公司賺錢養家的，壓力巨大。

本以為趙女士家不大，他們家本身又已找出好幾個，能夠隱藏針孔攝影機的地方不多了。但是當程康真的拿出儀器，憑著經驗檢測時，頓時大吃一驚。

甚至後背發涼。

前前後後兩個小時，特麼他居然在這個只有八十七平方公尺的小三居中，找出大大小小六十多個針孔攝影機來。

這簡直是他開展反偷拍業務以來，生平第一次找出這麼多攝影機。幾乎和他三年多的工作量相當了。

趙女士也相當震驚。她自己確實找到些攝影機，但是沒想到，剩下隱藏起來的攝影機竟然還有那麼多。上一代的屋主到底是什麼樣的人，這社區裡的住戶也不是啥有錢人家，值得裝這麼多攝影機監控嗎？

再說了，這些攝影機的品質不錯，一個也要好幾百。是什麼人用了上萬塊錢，事無鉅細的監控這個家裡裡外外？

不要說趙女士想不通，就連經驗豐富的程康也很懵逼。

「趙女士，我全部檢查完了，攝影機都在這裡了。」程康反覆檢查幾遍後，確定沒有攝影機剩下：「你看你是要報警，還是走民間調解途徑？」

這句話是程康的慣例，但是說出口後就知道不妥。一般被偷拍的人家，都會很憤怒，想知道偷拍自己的人是誰，為什麼目的。但最終只有有少部分人會起訴對方，大多數人都是和對方協調，拿了賠償款了事。

這符合內地人的原則，吃了虧也寧願多一事也不如少一事。

不過這次不一樣，攝影機的目的是為了偷拍這間房子的前屋主，和現屋主趙女士沒啥關係，報警也不好使。

果然，趙女士聽到找完了攝影機後，長長鬆口氣。被監控，被一雙陌生的眼睛盯著偷窺著的感覺，絕對不是啥良好體驗。

她擺擺手：「麻煩你把這些攝影機處理掉吧，沒了攝影機，我就沒啥問題了。」

收到費用後，程康帶著一大袋黑色的針孔攝影機回到公司。他渾然不知，當自己把針孔攝影機帶回公司的那一刻，他的人生也陷入地獄般的恐怖中。

他帶回來的絕對不僅僅只是攝影機，還有某些邪惡的力量。

從趙女士家找來的攝影機，扔在公司的角落裡好一段時間。有一天程康特別無聊，整理倉庫的時候，把這些攝影機又取出來。

看著大量的針孔攝影機，程康陷入了一陣沉思中。攝影機放在家裡也不是辦法，到底該怎麼處理？

這些攝影機的清晰度很高，但由於法律禁止的原因，早已不准在市面上出售。而且，它的儲存方式不知為何只啟用了記憶卡，沒有使用無線上傳功能。

偷拍者，到底在怕什麼？而且最古怪的是，七十多個攝影機，就算是他這個專業人士佈置，也是個大工程。不是一天兩天能夠弄完的。

偷拍者一定有那間公寓的鑰匙；甚至，就是那家住戶的親戚。

「攝影機可以按照法規報廢，不過這些記憶卡還值些錢，清空了賣掉吧。」程康本著蚊子腿再小也是肉的理念，將每個攝影機中的記憶卡都取出來。

偷拍者用的記憶卡也是好貨色，七十多個，能賣一千多塊。在用電腦清記憶卡的時候，鬼使神差的，程康點開了其中一個視頻檔。

只看一眼，他就險些從坐凳上跳起來。

視頻中的男子他認識！叫做張恒，前些日子來過自己的偵探社，說要讓程康調查一件可怕的事情。但是付了幾千塊訂金後，張恒就失蹤了，電話打不通，人也聯絡不上，彷彿人間蒸發了似的，了無蹤跡。

直到今天，程康都對張恒記憶猶新。因為張恒來的時候，狀態實在太差了。這個年輕男子大約三十歲左右，據說是某公司的技術總監。但是他臉色慘白，彷彿見鬼了的模樣，渾身也抖個不停。

明明是個年輕人，卻駝著背，渾身沒有精氣神，青寡寡的臉色，眉眼間帶著煞氣。那股煞氣不是來源於他身上，而像是他沾上般。光是張恒走進來，程康就覺得辦公室的溫度下降了不少。

張恒當天沒有對程康細說自己出了什麼事，在他付錢後，兩人約定第二天下午七點碰頭接任務。可是張恒最後並沒有出現，直到程康今天從視頻裡看到他。

程康是個有原則的人，他收了張恒的訂金，心想還是要搞明白張恒到底發生什麼事；再說，也要將訂金還給人家對不？

給好奇心找了個藉口後，他開始靜下心來看起視頻，看著看著，程康只覺得渾身涼颼颼的，後背直起雞皮疙瘩——因為張恒所說的，實在是太驚人了。

趙女士家的針孔攝影機，全是張恒裝的。那個家，曾經就是張恒的家。不過這一切，全都是張恒的自述，真實性如何，程康並不清楚。

程康稍微整理一下偷拍視頻，在編號 001 的記憶卡中，發現了張恒對著鏡頭的自拍。時間線，應該是在來偵探社的一個禮拜之前。當時張恒的氣色還沒那麼糟糕，不過也已經有些不太對勁兒了。

「我叫張恒。」也許是不習慣正對攝影機，張恒沉默了一陣：「不知道最終看這些視頻的會是誰，但我是真的已經完全沒辦法了。我覺得我這個人在世上的存在感，正在消失。我想通過精心藏起來的針孔攝影機，將一切都記錄下來，告訴別人真正的真相是什麼。看到這段視頻的你，我不知道你是誰，但是求求你，幫幫我。沒有人相信我，可是只要你看過我家的錄影後，你一定會相信我沒有瘋，沒有任何人瘋，而是這個世界上真的有比任何東西都更邪惡，更可怕的怪物。事情要從半個月前說起，我家一共有五口人。我媽，我，我妻子，我兒子和女兒。父親早在三年前就去世了，所以我媽一直跟著我們生活。可是在半個月前，我一覺醒來，就發現了一件怪事……」

張恒的家裡，來了一個陌生人。

這個陌生人很奇怪，一百七十公分左右，戴著一個白色的面具。面具上是一張咧嘴的笑臉。對，那個陌生人自始至終都在微笑，用面具微笑。咧開的笑容說不上好看還是難看，總之，看得人瘆得慌。

但最奇怪的是，不知為何，張恒家裡所有人都認識這陌生男人，所有人都叫他老王叔叔。這個自稱老王叔叔的怪人，大咧咧的坐在餐桌上，正在和自己的女兒和兒子聊學校趣聞。妻子開開心心的做好飯，給老王叔叔盛了一份。

就連自己的母親，也沒有見外，不時抬頭和老王叔叔聊天。

張恒疑惑的問妻子：「這個人是誰啊，怎麼進來的？」

「他是咱們的老王叔叔啊？」妻子偏著頭，看起來顯得比他還疑惑：「怎麼你連老王叔叔都不認識了？」

「老王叔叔？」張恒睜大眼：「誰啊？你放他進來的？」

妻子笑了，一邊搖頭一邊摸他的額頭：「沒發燒啊，你是不是睡糊塗了？老王叔叔一直跟我們生活在一起的。快換衣服吃飯，你上班馬上要遲到了。」

張恒有些懵，老王叔叔卻熟絡的給他打起了招呼：「喲，小恒。昨晚睡得好不好？我在隔壁都聽到你打呼嚕的聲音。醫學上說打呼嚕是慢性心臟病的徵兆，你可要好好鍛鍊身體，這個家靠你撐著咧。」

「你特麼到底是誰啊，快給我滾出去。」張恒瞪他一眼，衝上去想要將自稱老王叔叔的傢伙趕走。直覺告訴他，這戴著白面具，不敢用真面目示人的傢伙大有問題。

同坐一桌的兒子女兒被爸爸過激行為嚇得縮成一團。老王叔叔仍舊笑著，咧著嘴：「你不記得我了，小恒，我可是你的老王叔叔。」

「我管你是王叔叔還是李叔叔，你是怎麼跑進我家來的？」張恒罵罵咧咧的要將王叔叔拖出去。

突然，張恒他媽站起來，憤怒的逮住他，狠狠給了張恒一巴掌。張恒被打懵了，他這輩子，就連孩提最調皮的時候，老媽也沒捨得打過他，沒想到在今天卻因為一個陌生人，史無前例的被打了。

「瓜娃子，你拉你老王叔叔幹嘛，你瘋了啊？」老媽瞪了他一眼，小心翼翼的將老王叔叔請回坐下。

老王叔叔抬頭看了張恒一眼，那眼神中全是陰森。

「吃飯吃飯，阿恒肯定是睡迷糊了。」妻子打圓場，將張恒推到餐桌旁，遞給他一盤早餐。

張恒路過老王叔叔的時候，這個突如其來的陌生人低聲對他說了一句：「好玩吧，這才剛剛開始，你可要撐久一些哦，嘻嘻，嘻嘻嘻。」

果不其然，張恒地獄般的生活，才剛剛開始。他發現那個自稱老王叔叔的詭異男子，扎根在自己家中似的，從來不出門，吃喝拉撒都在他家。每多過一天，他在家裡一家之主的地位，就弱一些，甚至變得越來越沒有存在感。

兒子女兒只和老王叔叔說話，對他視而不見，就連妻子和母親，也沒有正眼瞅過他，眼裡全是老王叔叔。

張恒忍不住報警，警方來後，驚人的事情發生了——沒有任何人能夠看到老王叔叔，明明那個傢伙就站在員警跟前，但是員警只是正常做筆錄，沒察覺到怪人的存在，而怪人一邊咧嘴笑，一邊對著張恒做鬼臉。

甚至就連妻子母親兒子女兒，也集體失憶似的，完全不記得老王叔叔是誰。

張恒快要瘋了，至少警方也認為他精神有問題，讓妻子多關愛他一些，如果有別的症狀就要及時到心理醫生那裡治療。

員警走後，家裡所有人頓然又和老王叔叔說說笑笑起來。

到了那一刻，張恒全身發涼，只感覺一股寒意從腳底爬上後腦勺。他算是明白了，老王叔叔絕對不是普通人，他甚至可能，根本不是人。

這個怪人，到底是他媽的什麼鬼東西？

張恒沉默下去，他知道靠自己的力量，趕不走老王叔叔。家人被老王叔叔迷惑了心智，他決定假意奉承老王叔叔，偷偷的調查這傢伙，到底是為什麼來到自己家的。

百因必有果，老王叔叔不可能無緣無故的到他家來。它到底有什麼目的？它到底是怎樣的存在？它究竟想要幹啥？

以及，要怎麼做，才能將它趕走。

時間一天一天過去，張恒卻覺得自己越來越虛弱。他感覺留給自己的時間不多了，家人面前，他幾乎失去了存在感。家人在淡忘他，這個家中，彷彿老王叔叔才是母親的兒子，妻子的丈夫，兒子女兒的父親。

他是多餘的人。

多餘的人，終究有一天會被趕出去，張恒要和時間賽跑。他必須要在家人徹底忘記他之前，尋找到趕走，甚至殺掉老王叔叔的辦法。

看完 001 號視頻中，張恒的自述讓程康毛骨悚然。他理性的分析一下，一個不存在的人突然來到張恒的家，那個人除了他和家人外，別人都看不到。

怎麼聽，都像是精神分裂症。

像張恒這樣的一家之主，一個家庭的頂樑柱，身上肩膀上的壓力可想而知，精神出問題，也不過是一瞬間的事情。

可他的精神真的有問題嗎？聽他的陳述，邏輯實在是太清晰了！

程康皺著眉頭，繼續點開了下一個視頻。後邊的視頻，全都是針孔攝影機的偷拍，一個個看下去，看得程康後背發涼。

有問題！不光張恒有問題，張恒一家子人都有問題。不，不不。說不定唯一正常的人，真的只有張恒才對。

偷拍監控中，張恒看起來溫馨的家庭，透著股怪異。他的母親，妻子，女兒和兒子會對著空氣說話，彷彿那一處空氣中，站著一個看不見的人。

其後的視頻裡，隨著時間流逝，張恒家人和他說話的次數越來越少。很多時候明明他就站在妻子面前，妻子對他也視而不見，反而朝著背後的空氣笑嘻嘻的聊天。

在偷拍中，張恒一天天的正在崩潰。他有時候會拿起一把刀藏在身後，偷偷走到客廳正中央，猛地對準一處空氣拚命的刺。

有的時候會把一包可疑的白色粉末偷偷放入水杯裡，端到沙發前，像是遞給一個看不見的人喝。

如此類似的情況，數不勝數。

程康猜測，張恒正在想方設法殺掉那個不存在的人。

偷拍監控一共儲存了一個月的視頻，直到記憶卡存滿。攝影機中的循環錄製被特意關閉了，所以自始至終影像都毫無保留的保存著。在偷拍視頻時間線的後半段，突然有一天張恒再也沒有出現過，人間蒸發似的，他沒再出現。

不，前一天他明明就沒有出門，可是整個屋子所有的監控視頻中，都沒有看到他的身影——他明明還在屋子裡，可卻已經找不到了。

這是怎麼回事？

程康仔細的將視頻重播很多次，還是沒有發現張恒去了哪裡、怎麼離開的。程康沒再敢繼續看下去，他覺得再往後看，他也會瘋掉。

歎了一口氣，他決定將這些記憶卡當作證據，如果張恒確實失蹤了，他可以提交給警方。正當他將電腦合攏的一瞬間，程康的腦子突然爆了似的，整個人愣在當場。

他彷彿在電腦螢幕的殘影上，看到一個人影。

一個一百七十出頭，戴著白色面具的人影。

那個人影正對著他，咧嘴笑著……

01 第二扇門的獎勵

夜諾拿著青銅盒子回到暗物博物館。

當第二扇門將盒子吞進去後，那扇斑駁的木門猛地顫抖一下，之後才露出鑰匙孔，夜諾用鑰匙開門，門背後又是一條長長的走廊，看不到盡頭。

夜諾毫不猶豫的往前走，走了大約十分鐘，眼前豁然開朗，偌大的房間躍然眼前。這個房間大約三百平方公尺大小，沒有窗戶，猶如開著燈的小黑屋，四面牆壁上，仍舊是密密麻麻的書架。

書架上全是書。

這裡是地下還是地上？是不是又是位於某一個空間裂縫中？夜諾沒看出所以然來。

房間正中央位置，依然擺放著一張辦公桌，桌面空空蕩蕩。完成第二扇門任務的獎勵，就藏在辦公桌的抽屜裡。而旁邊，一個高達十公尺的正方形透明培養缸中，有一顆女人的頭。人頭充滿黑色戾氣，黑髮絲絲如同海藻，噁心得很。

這顆女人頭，應該就是利用青銅盒子裡陳老爺子的骨頭化身為厲鬼般存在的暗物質怪物，原本的劉凡雁的腦袋。

夜諾感覺有點怪。博物館為什麼要特意用培養槽，將每一隻利用過陳老爺子力量的怪物都保存起來。

而那青銅盒子中，零零碎碎的陳老爺子的骨頭，又到底是怎麼回事？陳老爺子是誰？他的骨頭，為何有這麼大的能耐，只需要一丁點，就能讓人變身怪物，變得那麼可怕？

也許等到許可權足夠的那一刻，這些秘密都會在自己眼前揭開，不過，並不是現在。

所以急也沒用。

夜諾甚至沒有急著去開抽屜，反而慢悠悠的踱步到書櫃前，隨手抽出一本書看看。怪的是，這本書上的文字，夜諾看不太懂。

不，其實是一個字都看不懂。

書上的文字像是某種遠古文，或許比甲骨文的年代更加久遠，但是隱隱有些字形和華夏甲骨文有些聯繫。

夜諾皺皺眉頭，又抽了另外幾本書看。無一例外，這些書上的文字，全都是用類甲骨文寫的，彷彿天書。

「血手，這些書是怎麼回事？」夜諾算是明白了，這些書的作者，應該不是故意寫來讓人看不懂的，有可能，作者的時代非常古遠。

這一點很快就得到血手的證實。

「佈置這間房的管理員，三千年前就嗝屁了。」血手說。

夜諾點頭：「原來果然是古人寫的，有意思。」

他摸著下巴，準備待會兒來好好研究一下書本中的字，以及書中記載的內容。

「先看看任務評價和獎勵吧。」夜諾伸個懶腰，坐到辦公桌前，拉開抽屜。

和上個房間一樣，抽屜裡有三樣東西。

最左邊是一張紙，白色的紙張。紙張空無一物，白得炫目。這玩意兒雖然普普通通，但是他有經驗了，夜諾輕車熟路拿起來。

接觸紙張的一瞬間，一行行的字，一筆一劃，躍然紙上。

管理員編號 2174：夜諾

等級：見習期一級管理員

身體綜合素質：8

智商：190
暗能量：30
博物館許可權點：25
擁有遺物：開竅珠（130），翠玉手鏈（殘破3），百變軟泥

您當前擁有在任務期間，隨意進出博物館一次，以及在博物館內隨意進入前兩扇門的權利。如果想多次進出博物館，需要用許可權點數購買門票。當前許可權其餘福利，請在今後自行摸索。

「又是評價A，你們博物館的評分到底是怎麼評的啊喂，也沒有個標準，是不是有黑幕？」夜諾瞪了對面鏡子裡的血手一眼。

血手特委屈：「你瞅我幹啥，我又不是評委。何況，現在這可是你的博物館，你是管理員。」

夜諾撇撇嘴，沒再說話。他仔細思索著A4紙上的數據。

自己的體質到達了八，應該遠遠超過普通人了，而暗能量更是達到三十點左右。前些日子，夜諾從季筱彤口裡得知許多線索，例如暗物質怪物在那些除穢師嘴裡，稱為穢物。

而穢物是分等級的。

控制除穢師的不知名組織，據說用十二生肖中幾種比較有代表性的動物表示等級。從大到小，依次為龍虎蛇猴狗雞，而每個等級之間，還有六個小等級來劃分危險程度。

雞級只是些瑣碎小事，學徒級的除穢師都能搞定，例如夜諾當初遇到的磁懸浮老頭和玩彈珠的少女，就是雞一的渣渣。

至於除穢師，同樣有等級。用英文字母代表，季筱彤是A級別除穢師，能正面硬幹蛇級穢物。夜諾自己估算一下，按照體內的暗能量計算，他大概也就是個不超過F級別的弱渣。

但，自己的實力，明顯不能這麼算。

因為從季筱彤身上，夜諾猜到些東西。

他大概是季筱彤的組織口中，稱為「神」的物種，而且有種種跡象表明，這是個事實。

自己咋就突然變成神了？從前的博物館管理員，到底在人間幹過啥事情？恐怕這個博物館在地球的歲月，比自己想的更加悠久。

一旁的血手看著那張紙，嘖嘖道：「臭小子，你非常不錯。第二個任務依然是A級評價，光算這個，你都能在歷屆管理員中排入前一百了。」

「你是複讀機嗎，上一次你也這麼說，耳朵都聽煩了。」夜諾沒好氣的又瞪了血手一眼，之後又陷入沉思中。

暗物博物館的謎太多了，只是完成第二個任務，屬性紙上的描述就變了。例如在前兩個任務中，他可以隨意的進出博物館。但現在，屬性紙上卻明確的提及到一點：

任務期間，只能隨意進出博物館一次。如果再想進博物館的話，就需要用許可權點數購買門票了。

這特麼簡直不科學啊。

這博物館現在屬於他，明明自己才是管理員，可是有誰聽說回個家，還只能在特定時段中回去一次；多次回去，每一次都要買門票的？

難不成以前他可以隨便進，是因為處於新手保護期內嗎？

估計是。

門票這東西，夜諾看過。當初完成第一扇門的任務時，他就在張月那姑娘的手上見過，看來博物館當年果然營業過，至少確實發過門票。

夜諾撓撓頭，苦笑起來。從前的管理員到底如何，他不知道，不過那些傢伙的記性肯定沒他好。之前一定會有管理員在進行任務時，需要回到博物館中查閱相關文獻資料來解決問題。

不過夜諾不需要，他看過一次的資料都能記住。

之後隨著任務完成度的增加，許可權變大後，管理員能得到博物館的什麼幫助，博物館還會開放什麼功能，這些暫時還不清楚。

但是有一點很明確。

這個博物館，可以成為絕對安全的安全港，在管理員受到生命危險的時候躲進來就能倖免於難；甚至身上的負面詛咒和負能量，都會在進入博物館的一瞬間解除。這怎麼想，都是 BUG 一般的存在啊。

製造這所博物館的存在，肯定不希望管理員們過度依賴博物館的力量。所以制定出入限制來禁止管理員們頻繁出入。一旦脫離了新手保護期後，這個巨大的坑就出來了，一定會坑死大量準備不足的管理員。

「血手，兌換博物館的門票，需要多少許可權？」夜諾問。

「十點。」

夜諾的臉抽了抽，特麼自己現在辛辛苦苦累死累活，也才掙了二十五點，敢情只能額外進出兩次半？

「只要兌換了門票，使用那張門票，別人也能進來嗎？」他思索片刻後，問出一個重要的問題。

血手讚賞的比個大拇指：「你果然聰明，很快就明白了要點。這裡既然是博物館，自然是能允許別人進出的。門票不記名，只要有門票，你就能讓任何人進來。」

夜諾摸著下巴。十點一張的門票，看起來真不是一般的貴，雖然至今他並不清楚許可權分數現在除了兌換門票以及授權聖女們施展法術外到底有啥用，可根據重重跡象推測，許可權點數一定非常非常的重要。

先攢著，錢多不壓身。

夜諾的眼睛移動到另外兩樣物品上，這兩個東西，就是他成功打開第二扇門的獎勵了。

他有點激動。

當初在看第一扇門內的書籍時，就有一本手札提到過。只要開啟第一扇門和第二扇門的休息時間低於八天，就有極大的機率得到一個特殊的物品，那物品很難得，在後期非常重要。

不知道自己得到了沒。

夜諾心臟猛跳幾下，低頭。

抽屜裡其中之一是一個小盒子，大約和普通的耳塞盒差不多大，夜諾拿起它打開，露出三顆小小的翠綠珠子。

他愣了愣，這珠子怎麼和翠玉手鏈上的珠子那麼像？不，這玩意兒絕對是同一種東西。

「這就是翠玉珠，是翠玉手鏈上的珠子。一次得到三顆，美你的吧，前期夠用了。」血手倒也老實，張口解釋起來。

夜諾皺皺眉，疑惑道：「血手，這翠玉手鏈上，到底一共有多少珠子？」

「應該是一百零八顆。它的前主人可是了不得的管理員，幾乎就要打通關博物館的任務了。可惜最終功虧一簣。」血手沉默一下，不知道是在傷心，還是在唏噓。

「一百零八顆？」夜諾咂舌。

現在自己才得到六顆而已，他猜測，既然是歷史上很牛逼的管理員擁有的東西，絕對沒有表面那麼簡單，不只單純用來儲存翠綠能量而已。

翠玉手鏈中一定還有別的秘密，說不定湊齊了上邊的珠子，會還原成威力可怕的暗物質遺物。

不錯，博物館將百變軟泥和翠玉手鏈等等都叫做遺物。不知道這遺物的意義是什麼？是從前那些管理員的遺留物，還是有別的意思。

夜諾沒有多想，將三顆翠玉珠串入鏈子中。六顆翠玉珠互相碰撞，之後緊緊的吸附在一起。手鏈猛地閃過一絲精芒，一閃而逝，彷彿多了些什麼，又彷彿什麼都沒有發生。

他皺皺眉，總覺得這翠玉手鏈變得不同了，應該是增加了某種功能，但到底是什麼功能，還有待研究。

第二個遺物，仍然是一個小盒子，打開後裡邊竟然是一副隱形眼鏡，還是年拋款的。

夜諾瞪著手裡這副隱形眼鏡許久，終於忍不住問：「血手，這特麼隱形眼鏡也能叫遺物？博物館不是在玩我吧！」

難不成，這就是手札中提到的特殊遺物，怎麼看都不特殊啊，媽蛋！

「這不是隱形眼鏡。」

「你自己看看，不是隱形眼鏡是啥？」

「這遺物名為『看破』，是很特殊的遺物。」血手解釋：「只要戴上這副隱形眼鏡——呸呸——戴上『看破』，就能看到常人看不到的東西。」

夜諾道：「還說不是隱形眼鏡，你自己都承認了。」

他其實心裡一喜，看來自己果然得到這個特殊遺物。

血手訕訕寫出一行血淋淋的字：「我那是被你帶進了溝裡。」

「戴著這個破東西，就能看到常人看不到的玩意兒，這不是和那些自稱是除穢師的傢伙們的開天光法術差不多嘛！」夜諾撇撇嘴。

「原來你已經和那些小傢伙們接觸過了，進度滿快的嘛。」血手接著冷哼一聲：「那些小傢伙們的開天光算啥東西，奇淫巧技而已。『看破』比它強大太多了，完全不是同個次元的存在。」

夜諾半信半疑的戴上，沒覺得眼前有什麼特別，但當他轉過頭去，看向血手的方向時，頓時驚訝得瞪大了嘴巴。

只見血手還在奮力用中指在鏡子裡邊急書，解釋遺物看破有多牛逼：「『看破』的功能很有用，其中一個固定的功能，是可以直觀的看到你自己的屬性。而另一個功能，每一個人戴上去，都有不同的效果，有的能看到敵人的能量密度，有的人能看到敵人的生命力，甚至還有人戴上後，能看到人類的命理……咦，臭小子，你看我幹啥？你看到什麼。喂喂，你傻了啊！」

血手見夜諾看著自己，傻愣愣的石化了很久，不由幸災樂禍。

「沒想到，你比想像的更加牛逼啊。」許久後，夜諾才長長感歎了一句。

「那可不，臭小子你終於學會尊敬長輩了。」血手得意道：「對了，你到底看到什麼？」

「我看到你的身上，有一長串的問號。」

「臥槽。」血手感覺手指的血液都凝固了，驚得不輕：「問號？什麼意思？」

夜諾輕輕地搖頭：「搞不明白，也許是看破了你的牛逼程度，也許是看破了你吹牛逼的熟練度。下次等我找一個人對比一下就知道了。」

血手氣到不行：「我什麼時候對著你吹牛逼了。氣死了，氣死我了。」

每次和這小子打嘴巴仗都沒贏過，血手氣得轉眼消失無影無蹤。夜諾看著它消失，內心依然沒有平靜。雖然他對著血手嘴貧，可內心的震驚絲毫不輕，

他很明白自己看到什麼。

自己看到的應該是血手體內的暗能量等級，那一長串的問號，代表著自己遠遠不足以看透血手的實力。

沒想到這個傢伙只是一隻手罷了，就那麼強大。有手，自然有本體，那麼原本的血手還活著時，到底有多可怕多強大，完全難以想像。

夜諾沒有再多想下去。每個任務間歇，都有一個月的時間用來恢復。他上個任務還算輕鬆，沒有受傷，所以夜諾準備用這段時間好好研究一下第二扇門中書本裡的古文。

面對與時俱進、層出不窮的暗物質怪物們，多讀些參考書籍非常必要。畢竟，

知識才是第一生產力啊。

這一個月他都不準備出門了，誰知道一出去後再想回來，會不會用掉唯一的一次進出博物館的許可權。畢竟再想進來，可是需要用許可權點數買門票的。

靠著自己在管理員休息室內儲存的大量食材，日子一天一天的過去，他研究古書廢寢忘食，漸漸地有些眉目，找到許多文字出現的規律和規則。

古文的破解只要有了規律，其實是一件很簡單的事情，而夜諾本來就懂多種文字，對有文獻記載的古文也很了解，相互對應，進展非常大。

眼看就要破解成功時，不知從哪裡傳來了一聲語音，嚇了聚精會神的夜諾一大跳。

「您有一則新特殊通訊消息，請注意查收。」

夜諾丈二金剛摸不著頭腦——這聲音從哪裡冒出來的，怎麼會直接出現在腦海中？而且聲音不男不女，沒有任何感情色彩，彷彿人工智慧 AI 似的，讓人挑不出毛病。

難不成，這就是博物館的聲音？

夜諾皺皺眉，回答道：「查收。」

「查收特殊通訊消息，需要消耗許可權 0.1。」

夜諾腦袋上一群草泥馬跑過去，博物館這一招難不成是跟世間的某電訊公司學的？喂喂，你太落後時代了，人家氪金的電訊公司都在很早以前普天同慶的宣布，收取簡訊不收費了啊。

奶奶的，博物館很不人性化，服務態度也不端正。死要錢！

「確認查收。」夜諾氣呼呼的確認。

頓時，一條聲音傳入腦海。

那聲音很熟悉，一聽到那冰冷的女性聲音，夜諾的腦子裡就浮現出一個身影。

那女孩身穿白色衣裙，冰冷的臉上無口無心無表情，但卻異常可靠，甚至願意用命來救自己。

聲音，屬於季筱彤。

聲音的目的是禱告。

夜諾眉頭又是一皺，他隱隱能感覺到。

季筱彤，怕是遇到人生的大危機！

那日天氣晴朗，新聞聯播上一個不起眼的小花邊新聞，並沒有引起大眾的注意，但是夜諾卻不知為何突然想起來。

今天下午兩點整，地球北磁極將會加速移動，恰好越過本初子午線。這對人類而言，甚至整個生物圈而言，或許沒什麼影響，畢竟磁場的調換，每五千年就會來上一次。

可是博物館的大量典籍曾有提及，每當磁極越過本初子午線的前後，地球陽極陰極就會模糊。

陰盛陽衰。

暗物質生物的力量，會變到最大。大量怪物會趁著這個機會吸納模糊的陰陽之氣，讓自己變得更加強大，這會不會和季筱彤遇到的危險有聯繫呢？

不錯，季筱彤確實遇到了危險。不光是她，而是整個季家都岌岌可危，一個不小心，就會全族喪命。

季家，在除穢師的組織中，屹立不倒兩千年，歲月悠長，屬於組織中的四大門柱之一。本家位於南山南的隱晦之地，遠離城市，高樓大院，獨霸一方。

在那片青瓦樓台，輝煌的建築群內。有兩個護院正在山門外巡房。

季家本家的建築雖然古舊，但裡邊的裝潢傢俱與時俱進，都是北歐性冷淡極簡風，像極了季家人的性格。護院也穿著一身白衣，手裡提著強光電筒，兩束光切割在黑暗的空氣中，彷彿切開了黑色的奶油。

讓空氣也痛得無聲的響著。

護院的腳步聲很輕，嘴裡說話的聲音更輕。

「最近滿太平的，組織發布的任務少了許多。看來咱們季家能夠平靜一段時間了。」其中一個護院道：「前段時間真是累夠了，大量的穢物出現在季家的直管區，任務多得累死人。」

另一護院搖頭：「別那麼樂觀，小心點，前幾天大小姐才打過電話來。」

「大小姐打電話來了？」那護院一樂：「好久沒見到大小姐了，她說什麼。」

大小姐季筱彤雖然不苟言笑，甚至因為特殊原因，所有人都需要離她遠遠地，一碰就會沒命，但季家上上下下，對季筱彤的尊敬和喜愛一丁點都不少。季筱彤體質的特殊，就是季家最大的保障，也是對季家的巨大犧牲。

另一護院左右偷偷看看，聲音更小了：「噓，你可別亂傳，這我也是剛剛聽來的。據說是有人利用穢物，妄圖殺死大小姐，但是被大小姐解決了，只可惜幕後的黑手沒有被揪出來。估計是有什麼人在暗中對季家不利。大小姐正在往回趕，要所有人打起精神，小心點。」

那護院揉揉腦袋：「季家樹大招風，怕是有人惦記著咱們的位置了。不過咱們季家屹立了上千年，也不是吃素的，真有人打進來了，絕對要讓他們來得去不得。」

兩人又瞎扯幾句，走著走著，突然同時渾身一怔，全身沒來由的發冷。

「喂，你有沒有覺得不太對勁兒？」其中一人問。

「有。」

「哪來的一股寒氣，吹得我瘆得慌。」

「我也瘆得厲害。」那護院打了個哆嗦，他轉過頭，突地彷彿看到啥，嚇得整個人都僵硬了。

季家山門的外牆上，月光一照，出現三個影子。

怎麼影子有三個，他們明明只有兩人。還沒等兩個護院反應過來，其中一個影子，在牆上對著他們猙獰一笑後，朝最近的護院撲過去。

那護院慘叫一聲，就被影子瞬間撕成碎片，另一個護院嚇傻了，影子裡被攻擊的護院，四肢被扯斷，現實世界裡，他的四肢真的飛起來，遠遠的飛到空中。緊接著頭顱也飛起來，噴出的血，活活將那一輪明月染成血月。

四周仍舊沒有任何人，死掉的護院，是被一股無形的力量殺掉的。

活著的護院想要尖叫，想要掏出對講機示警，但牆上的影子又笑了。它猛地一撲，將剩下的護院撲倒，手捂住他的嘴。

現實中，被影子捂住自己影子的護院，原本張得大大的嘴竟然離奇合攏了，甚至連嘴巴的痕跡也消失不見。嘴沒了，上下嘴皮黏連在一起。

護院用鼻腔嗚嗚的哼了兩聲後，頭就飛上天。

黑影埋頭，大肆啃食起他的血肉。牆上的影子在減少，兩個護院的肢體也一點一點的隨著影子的消失而不見。

最終連地上的血，也消失得一乾二淨。

同樣的事情，在季家的各處發生。

無數的影子在有陰影和沒陰影的燈光下，牆壁上，平面空間，二維世界衝出來，殺光了毫無防備的季家武裝力量。

等季家的除穢師反應過來的時候，武裝力量已經慘被屠戮了五分之一。

屠殺，這才剛剛開始。

當幾天後，季筱彤帶著光頭老大等人趕回季家時，剩下還活著的季家除穢師們，正縮在季家的祠堂內，苟延殘喘。

數萬的黑影怪物充斥在季家大院，院子裡的活物，就連地上的蚯蚓也沒有放過。唯有祠堂大放光彩，通體盤踞著一圈白色的暗能量，將一波又一波衝殺上來的黑影怪們全部驅開。

祠堂位於季家的正中央。

每一個家族的祠堂，都是家族中除穢師的力量來源，重中之重。這裡祭拜著先祖，供奉著牌位。被穢氣一刷，牌位中歷代除穢師的力量頓時被刺激出來，每一個牌位，都散發著驚人的氣息。

生生將污穢阻擋在外。

這也是季家剩下的人還能存活的原因。

「大小姐，您回來了？」遠遠看著季筱彤用冰雪之氣殺死影子怪物，老管家先是一喜，又是一驚：「小姐，您快逃，這是陷阱。」

「陷阱！」季筱彤微微一歎，廢話，她怎麼可能不知道是陷阱，畢竟那麼多影子怪圍城，她卻偏偏進來得如此順利。

但她不得不來，父親母親以及季家一眾主力現在都不在季家。

最近不知為何，全球的暗物質怪物都在騷動，季家附近的怪物出現許多，除穢師們群出，本家早已經沒強手了。

更巧的是，又遇上最近幾日是組織內部每四年一度的除穢師大賽，所有家族和組織旗下的除穢師都需要參加。

影子怪物背後躲藏著的幕後黑手，選擇這個當口襲擊，恐怕為的就是要毀掉季家的祠堂，祠堂一去，季家的根就斷了。

一般情況下，季家的祠堂三步一崗五步一哨，而且還有大量的B級除穢師守護。誰想得到幕後黑手籌劃得如此細密，將種種巧合利用的分秒不差。

父母應該在趕回來的路上，可形勢完全不容樂觀。幕後黑手一定還有後手，否則光是憑這些黑影怪物，想要毀掉季家祠堂，不過是癡人說夢罷了。

就在季筱彤快要衝入自己家的祠堂的時候，突然，一股巨大的力量從東邊升起。她臉色頓時一白。

祠堂中，季家祖先人的牌位，竟然在那一刻，齊刷刷散發駭人的氣息。那氣息，讓人不安，像是在勉力保護祠堂中的季家兒郎們。

糟糕！

所有人都驚得面帶慘色。

有穢物，極為可怕的穢物，就在距離季家近在咫尺的地方。

什麼等級？

蛇六級，「至少」是蛇六。

更可怕的是，那力量並不是一股，而是三股。三隻蛇六級的穢物竟然同時出現。那幕後主使者好歹毒的心思，好可怕的手段。

管家腳一軟，癱倒在地。
季家，這次是真的要完了。

02 季家祠堂

蛇六級的暗物質怪物有多強大？

組織將穢物分為龍虎蛇猴狗雞，六個等級，每個等級中間又有六個小等級。上一次出現在河城的人頭怪，只是蛇五級別罷了，已經讓準聖女季筱彤這個A級除穢師打得異常艱辛。

而蛇六級別的穢物，實力幾乎是蛇五的兩倍以上。不要說季筱彤一人，就是再來兩個她，也不過是勉勉強強能應付罷了。

但現在，蛇六等級的穢物一來就來了三個，大缺除穢師的季家根本不可能贏得了。所有人都臉色煞白，驚恐的看著本家周圍三處恐怖的穢氣沖天而起，那驚人的氣息，令祠堂上空歷代祖先威勢形成的結界風雨飄搖，彷彿去了殼的雞蛋，只剩下了一層膜，隨時都會被戳破。

惶恐中，一個冰冷的聲音隔空出現，響徹眾人的耳畔。

「季家，只需要一刻鐘，本座就會讓你們全部死於當場，斷了你們的根。」

「你到底是誰，偷偷摸摸的，滾出來，和我大戰一場。」季筱彤身旁的光頭老大冷哼一聲。

「我是誰不重要，重要的是，你們想不想活命。」

光頭老大又道：「連臉都不敢露出來的人，還想和我季家談條件。」

「哈哈，我的條件，還是很優渥的，總比季家斷了根好。」

管家巍巍顫顫的站起身，怒道：「我們季家從不和恐怖分子談條件。」

隱藏著的幕後黑手看破什麼，淡淡道：「不要想拖延時間，你們季家除穢師就算是在趕回來的路上，怕也要到今晚才能抵達。你們撐不了那麼久，本座並不是想要和季家為敵，本座，只想要一樣東西。」

冰雪聰明，卻一直都沒有開口的季筱彤，用冰冷的聲音問道：「你想要什麼？」

「本座，只要冰心。」

冰心一出口，所有人都倒吸一口涼氣，臉色更是駭人。

「大膽，老子跟你拚了。」光頭老大幾人眼睛發紅，就要衝出去和那躲躲藏藏的幕後黑手拚命，更多的季家兒郎們義憤填膺，咬牙切齒。

冰心是什麼，冰心就是傳承著季家歷史，在千年前神賜予給季家的傳家寶。這傳家寶只會根據某種特殊的條件，進入每一代季家的直系女嬰體內。女嬰活，冰心存。女子死，冰心消。再次進入下一個輪迴當中。

理論上來說，冰心現在就在季筱彤體內，形成她現在特有的冰封萬物的體質。她的命，和冰心緊密聯繫在一起。冰心沒了，她也死了。

原來幕後黑手真正的目的，是為了得到冰心！

季筱彤臉上並沒有露出表情，彷彿這在她的意料之內。

「就算我們季家的兒郎死光了，也不會把大小姐交出去。」管家狠狠道，他轉頭，看向季筱彤：「大小姐，待會兒我們拖著那些怪物，您趕緊逃跑。只要躲到老爺回來了，就安全了！」

「逃？」季筱彤的字典裡，從來沒有逃這個字。她骨子裡是清高的，是固執的，天生驕傲的她，就算是死，也不會皺一下眉。

她淡淡吐出兩個字：「開壇！」

管家一驚：「難道您要請先人？」

季筱彤沒再說話，逕直走入祠堂深處。祠堂最裡邊的房間中，密密麻麻的供奉著季家歷代祖先的牌位。受到穢物的壓迫，每一張牌位上，都散發著驚人的氣息。

她從祭台上抽出三線香，點燃。七根白色的煙霧筆直的朝天空衝去。七為數之始，九為數之終。

季筱彤又點燃了九根蠟燭，閉上明眸，嘴裡唸唸有詞。隨著她的默唸，牌位上的氣勢，越發濃厚沉重起來。

本家之外，襲擊者發現季家祠堂彷彿生了變化，臉色不由一凝。

季家是除穢師世家，每一代都能人輩出，每一位A級除穢師去世後，後人會用秘制的手法，將他的骨灰燒成牌位。這祭台上上百個牌位，全是祖先人的骸骨，裡邊飽含暗物質以及暗能量。

「哼，別以為季家除穢師離開，季家就沒人了。」季筱彤用秘法一催，牌位金光大作。很快就裹挾著她渾身滿溢的冰雪之氣，沖上九霄，直直的朝三股穢氣衝去。

三隻蛇六的怪物同樣感受到驚人的壓迫感，它們嘶吼著，迎著秘法攻擊，將那股金光打散。

襲擊主使者冷哼道：「敬酒不吃吃罰酒，既然你們不交出冰心，本座就自己去取。」

他手上猛地彈出三道黑光，那黑光以驚人的速度彈入三隻怪物的腦門心，被他控制的怪物嘶吼得更加劇烈了。

「殺光所有人，毀掉季家祠堂。我今天要將季家的根全抹掉，讓他們變成沒根的浮萍，讓季家成為歷史。」襲擊者隱藏得很好，始終沒有現身，哪怕他勝券在握，也依然謹慎小心。

季家屹立千年，他不得不小心。

三隻蛇六級的怪物很快就衝進季家的大門，每一隻怪物長相都異常噁心，甚至看不出來原本是啥玩意兒。蛇六的怪物很大，十多公尺高的大門，在怪物們的腳底下渺小得猶如玩具。其中一隻怪物一腳踢在大門上，精鐵的大門頓時飛出去，筆直撞向季家的祠堂。

祠堂白光一閃，將大門擋下。

但是別的建築物就沒有那麼幸運了。季家三步一崗五步一哨，每一步都刻繪了密密麻麻的符咒以及除穢陣法，但是這根本無法阻擋強大的蛇六怪物。

怪物們大手一揮，觸手飛舞中，地磚紛紛飛起，陣法全部破碎。

老管家心在滴血，季家千年的佈置，竟然如此脆弱不堪，自己就算是死了，也沒辦法給老爺以及季家的列祖列宗交代啊！

季家兒郎們剩下的幾乎都是清一色C級以下的除穢師，踏出祠堂的保護範圍就會死。隱藏在季家中，沒有來得及躲入祠堂的季家子弟，紛紛再次遭到黑影的攻擊，即使稍微有些實力的，也被三隻怪物給輕鬆屠戮。

屠殺仍繼續，季家各處都傳來了兒郎們臨死前的慘叫。

躲在祠堂中的季家子弟又氣又怕，面如死灰。他們悲哀的發現，這一次劫難，恐怕是真的躲不過了，季家破碎滅絕，恐怕就在下一刻。

季筱彤臉上仍舊沒有任何感情色彩，她點燃的香蠟以驚人的速度耗盡。於是她繼續抽香點火，嘴裡不疾不徐的推動秘法。這時三隻怪物已經衝到祠堂前，甚至其中一隻鐵塔似的怪物已經抬起觸手，整個祠堂都被漫天的觸手掩蓋，變得黑暗起來。之後無數觸手落下，鞭子似的抽打在祠堂的先祖牌位上。祠堂猛地顫抖幾下，白色光暈勉強撐住這次攻擊。

季家兒郎臉色更加慘白。

其中一人跳起來，大吼道：「咱們生是季家人，死是季家鬼，衝出去和它們拚了，就算是死，也要保護咱家的大小姐。」

「對，保護大小姐。」剩下的人打雞血似的，明白難以逃過這一劫，既然橫豎都是死，還不如死得像個人樣。

「大小姐在，季家就在。」

「哪怕是根斷了，咱們也能重建。」

「對，對對。誓死與祠堂共存亡。」

大量季家兒郎抱著拚死的決心衝出去，密密麻麻的除穢術飛舞，各色光焰閃爍。但是他們實在是太弱了，除穢術看起來陣仗不錯，卻傷不了蛇六怪物毫毛。

實力差距太明顯。

畢竟蛇六怪物，需要六個以上的普通A級除穢師，拚死才能擊殺，只是幾秒鐘工夫，就有許多季家兒郎慘死當場。

但哪怕是看到身旁的兄弟死去，剩下的兒郎們也毫無懼色，勇猛衝鋒。

季筱彤輕輕皺眉，纖細的中指一挑，不知點燃了多少香蠟，每一次，香蠟只要一插入香爐，就會在瞬間燃燒耗盡。終於，香爐中的香蠟火焰穩了。

煙線筆直的升入空中，直的像是黑黑的煙囪，任憑外界狂風舞亂，地面狂抖，仍然穩穩的。

季筱彤的臉上，少有的流露出一絲欣喜。

「季家存亡在即，求祖先人庇佑，起！」季筱彤的手指又是一彈，黑黑的煙線彷彿聽懂了似的，分成二十幾道，竟在空中拐了一個彎，直接飄向了祖宗的牌位上。

就彷彿那二十多個牌位，正在用力呼吸，將黑色煙線全部給吸進去。

「成，咱們季家，有救了。」一旁的管家頓時大喜。這是祖先人聽到禱告，接收供奉，就要現身了。

管家大喝一聲：「今年是虎年，所有屬虎的季家兒郎，全部往前走一步。」

屬虎的二十多個季家兒郎頓時精神一振，通通往前走了一步，季筱彤閉著眼睛，手中捏了個咒訣，身上冰冷的氣息更加可怕了。

二十多個祖先人的牌位在呼應著她的氣勢，吸納了黑色煙線的牌位又將黑煙吐出來，黑煙飄飄蕩蕩，從頭頂灌入季家兒郎的身體。

被灌頂的季家兒郎同時雙腳一抬，就如同有什麼無形的力量，墊在兒郎們的腳後跟下。他們腳尖著地，渾身氣勢高漲。明明只是C級的除穢師，卻在這高漲的氣勢中，實力不斷的攀升，眼看就要突破到A級了。

「太好了，祖先人上身了。咱們季家真的有救了！」管家狂喜：「殺！」

「殺，殺殺殺！」踮起腳尖的兒郎們大喊著，衝出祠堂。在秘法之下，季家憑空生出二十多個A級除穢師，雖然實力只是接近A級，但也夠了。

「照顧好香火，千萬不要滅了。」季筱彤鬆氣，對管家吩咐一句後，飛身越出祠堂，加入戰局中。

憑著二十多個準A除穢師，以及實力極強的準聖女季筱彤，季家絕望中翻盤，將三隻蛇六級的怪物狠狠壓住。

打了沒多久，季筱彤眉頭一皺，這些怪物雖然是蛇六的實力，但是卻古怪得很，更像是特意培養出來的，比野生的穢物的實力弱了許多。

很快，三隻怪物就被季家人殺掉了。

二十多個被先祖附身的兒郎氣喘吁吁，全部虛弱的倒在地上，這一次實力狂飆，將他們這輩子的潛力全部耗盡。他們終生都無法再進一步，但一切都是值得的，拯救季家，挽回性命，他們今後都是季家的英雄，受到季家一輩子的供養。

季筱彤腳步不停，帶著一眾子弟尋找幕後主使者。

幕後的那人隱藏得非常隱秘，竟然沒有被找出來。

管家狠狠道：「混帳東西，你給我滾出來，你逃不掉的。我已經命令封山，你無論朝哪個方向逃，都沒路可走。」

「走，我為什麼要走？」襲擊者冷冷說著。

季筱彤一愣，心裡不安的預感，更加強烈了：「在那個方向。」

她手一揮，冰雪之力瞬間沖刷過去，將大殿下的一塊石頭擊碎。冰雪封凍了附近方圓十公尺的空間，溫度急速降低到零下五十度。

一個黑影狼狽的在地上滾了幾下，好不容易才躲過了這凌厲的要命攻擊。

「你竟然能發現本座，嘿嘿，不愧是身體內藏有冰心的人。」黑影嘎嘎笑了兩聲。

「廢話少說，死！」季筱彤一招冰雪盛世，無數冰柱朝黑衣人攻擊而去。

黑影人實力不高，哪裡抗得住季筱彤攻擊，他上躥下跳，卻憑著神奇的身法全躲過去。

「這人，有古怪。」季筱彤皺著眉頭。明明能控制三隻蛇六怪物的傢伙，怎麼可能那麼弱小？她本打算面對一場惡戰，現在看來，事情更加蹊蹺了。

不行，速戰速決，殺了他再說。時間拖得越久，季筱彤越是心驚肉跳，異常不安。她右眼皮也跳得厲害。

這可不是好徵兆。

黑衣人又是一笑：「不知各位最近，看新聞了嗎？」

這沒頭沒腦的一問，讓所有人都懵幾下，而季筱彤內心的不祥預感，也到頂點，剛剛三頭蛇六出現時，她也沒那麼不安過。

「還是那句話，季聖女，如果你主動交出冰心，我可以放你們季家一馬！」黑影人慢悠悠的道，彷彿勝券在握。

光頭老大憤憤說：「明明是你死到臨頭了，還特麼像沒戴過籠頭的驢，嘴硬。」

季筱彤一聲不吭，拚命攻擊黑影人。黑影人陰森森的笑個不停，以古怪的身法不斷躲避，明明實力比季筱彤差了很大一截，只需要中一招，就會被季筱彤活活殺掉。但這黑影，偏偏每一次都能恰好的躲過。

管家和光頭老大等人，也看出古怪來。

事情，越發透著不對勁。

本來管家是想生擒那黑衣人，逼問出真正的幕後黑手是誰，畢竟一個實力不強的傢伙，怎麼可能驅使得了三隻蛇六的怪物，可現在看來，活的留不得了。

「所有人全衝上去，殺了他。」管家命令道。

光頭老大摳摳腦殼，突然問身旁的人：「最近誰看了新聞，有什麼重要新聞？」

「我沒時間看啊。」老六撇撇嘴。

手裡換了一把扇子，正攻擊著黑衣人的老五還算學歷高些，他想了想：「如果是世間的新聞，沒什麼值得注意的。不過，貌似我聽到一則奇聞，說的是今天下午兩點，地球北磁極將會加速移動，恰好越過本初子午線。一直以來咱們業界都有討論地球的磁極，會不會對穢物有影響……」

話音剛落，眾人連忙臉色大變。就連季筱彤也彷彿想到什麼，一聲不吭，加快了攻擊速度。

四處躲閃的黑衣人嘎嘎大笑道：「嘿嘿，正好兩點整，既然你們冥頑不靈，那麼就休怪本座心狠手辣，全都給我，去死吧！」

說話的一瞬間，他咬斷右臂，將這根鮮血噴湧的手臂猛地扔向了天空。就在那刻，整個世界彷彿都猛地震動一下。

站在祠堂外的老管家渾身都在抖，他看到驚人的一幕。季家祠堂內供奉的祖先人牌位，竟在下一秒，齊刷刷的——全倒了。

一百多個牌位，都倒了。

無形之力，在天空聚集。那威勢之大，那能量之駭人，哪怕還沒現身，已然壓得所有人喘不過氣，心臟被捏住了似的，臉色慘白。甚至有實力低微的季家兒郎，竟然被那龐然的邪惡氣息給壓暈過去。

「這是什麼鬼？」眾人驚恐的抬頭望向天空。

天空之上，陡然出現一個黑色的圓形空間裂縫，裂縫中，似乎有什麼東西正掙扎的想要衝出來。

「阻止它！」季筱彤的靈魂都在顫抖，她本能的感覺到空間裂縫內的東西極為恐怖，真要讓那東西出來了，不光會威脅到季家，甚至是方圓千里之內，都會被那東西夷為平地，世人死傷無數。

裂縫在擴大，黑黝黝的，眨眼間已經變成直徑二十多公尺的通道。通道中的龐然怪物已經有一小部分露出來，驚人的腐臭味席捲過來，肉眼能見，那怪物的身上全是腐肉。

襲擊者更加謹慎了，他遠遠的往後退，季家所有人都瘋了，拚命的攻擊裂縫，但於事無補。

季家佈置的除穢陣法已經破碎，祠堂的先祖庇佑也因為剛剛的秘法削弱到最低點。襲擊者好歹毒的心思，一步一步，將影響最終手段的因素，全部消除掉了。

季筱彤內心在苦笑，襲擊者顯然非常了解季家的佈置，那傢伙很清楚，哪怕是季家人傾巢而出，本家也不是沒有防護，祖先庇佑是最後一道防火牆。

所以那三隻蛇六的怪物，只不過是為了解除防火牆的誘餌罷了，這空間裂縫內的穢物，才是真正的殺手鐧。

那人想要冰心不假，口裡說要放過季家也不是真的，看這陣仗，看這穢物的可怕程度，哪怕是放出來，也沒有人能阻擋得了。

她的心裡，生平第一次湧上一絲絕望。

僅憑剩下的C級除穢師，再加上一個她，完全沒有辦法阻止空間裂縫。光頭老大快要瘋了：「這怪物，難不成是虎一級的穢物？」

虎級穢物，威脅相當大，幾乎能毀滅整個組織，出動所有除穢師或許才能勉強應對。組織有歷史記載的幾千多年來，虎級的怪物只出現過一次，就那一次，如果不是神出手。組織，早已經不存在了。

難道，人類歷史上有紀錄的第二次虎級怪物，真的要出現？季家，真的逃不過這一劫了？

管家跪在地上，面如死灰。他明白這一劫，怎樣也渡不過了。他嘴裡唸唸有詞，說的都是愧對先祖，愧對列祖列宗。

終於，在所有人的絕望中，龐大的穢物降臨。這隻穢物直徑五十多公尺，通體都是腐肉組成的圓形，渾圓的球體上長著無數鞭毛般的觸手，驚人的氣息，就算是一動不動，也能置人於死地。

弱小的季家兒郎，直接就被這怪物的駭人戾氣攻入心臟，氣絕身亡。方圓千里，草木凋零，走獸紛紛驚慌逃避，飛鳥駭然的飛向天空，游魚翻著白眼死掉，在水面上浮了厚厚一層魚屍。

哪怕是幾千公里外的組織總部也感受到這穢物的強大戾氣，驚訝至極。在路上瘋狂趕回來的季家家主，季筱彤的父親更是又焦急又憤怒。

怎麼可能，季家的方向，怎麼可能出現如此恐怖的穢物？那穢物雖然還沒到虎一，但已經算得上是準虎級別了，就算他們來得及，也於事無補。

準虎級穢物，需要五位頂級除穢大師聯手才能消滅。他們季家，不過才兩位除穢大師罷了，而本家中，能夠形成戰鬥力的，只剩下女兒一人。

難道這是天要絕我季家嗎！

季家家主憤怒到瞋目裂眥，快了，再過十多分鐘，他就能衝回本家，但這短短的十多分鐘，卻是咫尺天涯，生死決絕。

女兒，季家，他們的根，就快要沒了！他只能帶領季家剩下的人，趕回去拚命，僅此而已。

「女兒，不要管季家，你聰明點趕緊逃。」家主咬著嘴唇，將下嘴唇活活咬出血也毫無察覺。

他喃喃這麼說著，心裡卻非常清楚，以自己女兒的固執秉性，哪怕是死也絕不會獨自逃的。

季家，這一次是真的沒救了。

不錯，季筱彤絕對不會逃，她的人生詞典中，也沒有逃這個字。

站在祠堂前，看著季家兒郎不斷因為那恐怖的穢物死亡，她輕咬嘴唇，決然道：「冰心，我給你。」

襲擊者嘎嘎大笑：「晚了，冰心我要，季家，我也不會放過。」

「你果然是從一開始，就沒有打算放過季家。」季筱彤冷哼一聲。她牙關緊咬，哪怕是在這絕望的一刻，她也在瘋狂的思索著辦法。

突然，她想到什麼。

自己是準聖女，現在唯一能殺死準虎級穢物，逆襲翻盤的方法，便是施展神術。準聖女都學過神術，而且前些時日，神，明明回應過自己。還回應了兩次！

只能求神了。

否則哪怕是拖到父親回來，也是大家一起死而已。準虎穢物極為恐怖，遠遠不是父親和季家能夠對付的。

穢物不死，季家必亡。

甚至牽連到整個世界，都要斷掉半條命。

那一坨爛肉的穢物，整個身軀都徹底脫離裂縫，朝季家降落下來。襲擊者狂喜不已，沒想到如此順利，謀劃了幾十年，終於將這東西藉著磁極調換的瞬間，召喚出來。

終於能在自己手中滅掉季家了。只要得到冰心，計畫又能推進很大一步，自己的終極目的，彷彿一探出手就能觸摸到。

他不停的狂笑著，越看那團穢物，越是興奮。這可是準虎級怪物，人類有記載以來第二恐怖的穢物。

爛肉的怪物猛地嘶吼一聲，季家兒郎再次死了一大片。穢物終於落在地面，整個地表方圓百里，六級地震似的抖動好幾下，引得無數房屋坍塌。

季筱彤豁出去了，她開始溝通神，妄圖得到神的允許，施展神術，擊殺穢物。可是溝通之後，她的心一片冰冷。

神，沒有回應。她甚至找不到上幾次的感覺，找不到溝通管道。

這是怎麼回事？

穢物揮舞著觸手，橫掃過去，季家的建築物紛紛倒塌，觸手飛舞，席捲大量的屍體，被穢物通通吞進了肚子裡。

準虎等級的穢物根本無人能敵，無法阻擋，擋在它跟前的東西，無論是物，還是人，都渺小得猶如螞蟻，被它摧枯拉朽，全都吞噬進去。

季筱彤向後艱難躲避開穢物的攻擊，她的眼珠子急得通紅，白皙的額上冷汗不斷的流。怎麼辦，該怎麼辦？為什麼神不回應自己？

她手足無措，腦袋發懵，不知為何，就在這一刻，一個人的模樣，出現在自己的腦海中。在臨死前，她沒有想念父母兄長，卻想起了那個男生的臉龐。

那個唯一能接觸自己，那個離開時，揉著自己腦袋的男性。

那個叫夜諾的男生，這輩子，恐怕都再也見不到吧。

她微微歎息了一聲，原本以為自己會成為季家千年來的例外。因為兩千年來，第一次有活人能碰觸到季家的冰女。可惜，可惜……

命運弄人。

季筱彤苦笑，可突然，她察覺到用聖女特有的秘法溝通神的那扇大門，似乎出現些許變化。

門出現了！

雖然搞不懂為什麼，可是她精神猛地一震。

她腦海裡拚命想神的光輝偉大，這些都是教科書裡的溝通辦法，但是這一想，就壞了，溝通的門又關掉了。

她覺得自己快瘋了，這是怎麼回事。難道這一屆的神都變謙虛了，讚美他的光輝偉大，他還會害羞？

這特麼不科學啊？

於是她又開始想夜諾。神奇的是，只要一想起夜諾這個人，神的溝通之門，就立刻又出現。

搞不懂啊！這到底哪裡有問題！

季筱彤嘴角抽動幾下，不管了，既然隨便想想夜諾就有效果，那麼就把夜諾當作神一樣想來想去吧。

沒想到這一想，倒是歪打正著。季筱彤想著和夜諾的過往，但是他們的接觸太少了，沒幾秒鐘就想沒了。她倒也乾脆，直接開始胡思亂想。一胡思亂想，就無法控制的想到一些羞羞的東西，不知不覺，就連和夜諾的女兒都想好了名字，一直腦補到六歲了……

溝通之門，彷彿驚鴻的浩然光影，穩穩當當的終於徹底出現在季筱彤的神識中。

季筱彤試著給神發去一條信息。

「神大人，您好，我是季筱彤，本屆十二候補聖女之一。」

正在暗物博物館中開開心心看書的夜諾，收到季筱彤的特殊溝通資訊。滴，他的許可權點數，減 0.1。

「神大人，您吃飯了沒？」

滴，夜諾的許可權點數，減 0.1。

「神大人，您有沒有事，忙不忙？」

滴，夜諾的許可權點數，減 0.1。

看書的夜諾就要瘋了，他氣得把手裡的書遠遠的扔出去。季筱彤這妮子絕對有交流障礙症，有話就說有屁就放啊，幹嘛那麼多廢話，你不知道博物館裡的特殊通訊是要收費的？

哦，對了，她是真不知道。

但是，老子辛辛苦苦才攢了二十多點許可權點，這一會兒的工夫，就莫名其妙的扣了 0.3 點，怎麼不會讓夜諾火大。

彷彿是感覺到神在莫名其妙的生氣，季筱彤也沒再亂發付費信息，她開始祈禱起來。

夜諾感覺到季筱彤的禱告，咦了一聲：「有意思，她在向我禱告神術，我瞅瞅是什麼？」

她的禱告夜諾能察覺到，而且意思也以某種玄妙的方式，傳導到他的腦海中：「大滅絕術？名字真有意思……呃，臥槽！」

本想看看季筱彤祈禱的大滅絕術到底是什麼東西，可是接下來夜諾就跳起來。因為他看到大滅絕術的名字時，博物館的提醒也來了。

「允許使徒施展大滅絕術，需要一千三百三十點許可權點數，您的許可權點數不足。」

夜諾腦門心上一群烏鴉飛過，這季筱彤也是個橫子，她估計連大滅絕術是啥都不知道，就直接找了個學過的神術當中最威力強大的來試試。

一千三百三十點許可權點數，不要說他沒有，就算是有，夜諾也是拒絕的。本能告訴他，這大滅絕術施展出來後，估計也不需要什麼穢物暗物質生物來擾亂人間了。

特麼她都直接把人類給滅了！

季家本家，正在禱告神術的季筱彤有點小鬱悶，因為她的祈禱，被神給斬釘截鐵不留餘地否決了。

神還特意透露了一些小要求，意思大概是，給老子換個便宜點的。

啥叫便宜點的，難道神術也有便宜有貴的，還是說神不允許她使用威力太大的神術，又或者她的實力不夠施展大滅絕術？

季筱彤有些懵，她想了想，換了個神術。

「七方八面沖天神光。」

被否決。

「永世地獄術。」

否決。

「萬界血崩。」

嚴重否定。

「神好小氣。」季筱彤嘟著嘴，咕噥起來。

她不知道的是，夜諾在博物館中早已氣得跳腳了。這都是啥人啊，季筱彤雖然冰冷是冰冷了些，但看起來還算是五講四美三熱愛的好青年，可知人知面不知心啊，她到底和地球有什麼仇什麼怨，為什麼老是想要毀了地球這位老人家？

終於，夜諾的腦海裡，彈出一個還算正常，能夠接受的神術。

——03——
第三扇門的任務

看到腦海中的祈求，終於出現個正常的神術時，夜諾也鬆口氣。雖然接觸不多，但是他很清楚，季筱彤的脾氣和她渾身縈繞的冰一樣，又固執又硬。

讓她求人，哪怕是求神，也不容易。

她現在的情況肯定非常危險。每拖一秒，都會影響到她的存活率。而且和自己的溝通也並不是無害的，夜諾能夠察覺到，每一次溝通，不光會扣除自己的許可權點數，還會消耗季筱彤的生命力。

夜諾趕緊眼睛一閉，默默感覺著腦海中出現的新禱告。

這一次季筱彤禱告的神術叫做「六殺」。效果不明，但是只需要十二點許可權，還在夜諾的能力範疇。

雖然不清楚季筱彤到底遇到什麼危險，但夜諾估摸著應該夠了，不夠的話他也沒辦法。畢竟不可能將許可權點數全部耗盡用來幫她，自己總得留一些備用，以及研究。畢竟許可權點數的作用，他現在還是一頭抓瞎。

「吾，賜予你神術，掃除邪魔。」

夜諾在腦海裡點了確定後，眼巴巴的看著許可權點數從 24.7 減少到 12.7，心裡一陣肉痛。

允許神術施展後，他沒再管別的，靜下心來繼續看書。第二間屋子裡的古老文字，幾乎就差臨門一腳可以破解，勝利在望，他還有夠得忙。

另一邊，又是另一種光景。

季筱彤焦急得不得了，和神大人的溝通雖然接觸了，但是神術一再被否決。那準虎等級的穢物，已經將季家糟蹋了一大半，季家兒郎也死傷慘絕，快死光了。她也油燈將盡，一邊禱告，一邊還要分心努力阻擋穢物的進攻。

她快要撐不住了。

但那穢物看季筱彤就如同螞蟻，根本不在乎她的攻擊，也許是被關得久了，穢物甚至都沒有發過大招，完全靠著本身實力甚至本能碾壓，玩得不亦樂乎。

也幸好如此，季筱彤才活到現在。

正在絕望的時候，終於，腦袋恍惚一下，她渾身都欣喜得發抖，禱告終於通過了，終於能施展神術了。

季筱彤連忙退後，又退後。在神消失的數百年間，基本上已經沒有聖女施展過真正的神術，所以她也不清楚「六殺」的威力到底如何。

可她，再也沒有後路。

她嘴裡唸唸有詞，禱告聲雖小，卻猶如洪鐘：「祈求吾神，天殺地殺，人殺鬼殺。宿山宿水，皆殺。名為六殺！」

她白衣如雪，單薄的身體輕輕一跳，躍到還未倒塌的季家一棟高大建築之巔。風在刮，整個季家都變成腥風血雨的絞肉場，風刮動了她的衣裙，白衣飄飄，恍如準備決絕的臨死一擊。

「大小姐要幹啥？」光頭老大懵了。

「神術，大小姐要施展神術。」老管家瞪大眼，臉上的絕望更甚：「快將大小姐帶走，季家要完了，她不能有事。雖然大小姐是十二聖女候補，但大家都知道聖女的名號早已名存實亡。沒有聖女能施展神術……咦，等等！」

話還沒說完，他的眼睛瞪得更大了，所有人，都能察覺到季筱彤有些不對勁兒。

白衣少女明明聲音不大，可是她口吐的每一個字，都撞擊在空氣裡，引起聲波，像一口鐘撞擊在心臟上。

這是神語顯像的徵兆。

老五大喜：「神語顯像，真的是傳說中描述過的神語顯像。大小姐竟然能施展出真正的神術。」

同一時間，天象異變，就連焦急趕路的季家家主一行人，也猛地停住了腳步，目瞪口呆的望著季家本家出現的異象。

天空中的雲，在不停的朝季家翻湧。明明相隔了數百里，但是偏一個清冷的女聲飄過來。

那是自家女兒，季筱彤的。

聲音在唸咒，在禱告神的威嚴。

「這是真正的神術？」季家主大駭之後，頓時大喜。沒想到危難之刻，自家女兒竟然不知為何突然能施展真正的神術了！

神術的威力在聚集，影響範圍何止千里，世上暗地裡修建的，無數關於神的廟宇中，都金光大作。數百年無法溝通的神，似乎降臨了。無數廟宇中的僧侶，又驚又喜下，撲通一聲跪倒在地，拚命的磕頭跪拜。

甚至就連除穢師組織內部，都震驚不已。

夜諾花了十二點許可權，沒想到將整個世界都驚嚇到了。

可驚嚇得最厲害的，還要數季家中一臉勝券在握的襲擊者，那個全部將自己籠罩起來，不露出任何可辨識部位的黑影人，臉色大變。

「怎麼可能，神已經不在了，怎麼可能還有聖女會施展神術！」襲擊者渾身發抖，難以置信：「不，就算是真正的神術，又有何懼？本座召喚出來的，可是準虎級別的穢物，一般的神術根本毫無用處。」

有沒有用處，不是他說了算，也不是季筱彤說了算，甚至也不受夜諾控制。季筱彤的祈禱聲，一聲大過一聲，就連玩得正開心的準虎級穢物也察覺到不妥，感覺到威脅，瘋了似的，朝季筱彤衝過來。

然而已經晚了，她已經把咒語全部唸完。

「上神現靈光，請上神賜予我力，破除這萬千虛妄。神術，六殺！」隨著季筱彤吐出最後一個字，天地為之抖動。

之後六道光柱沖天而起，破開天頂的雲霄，繞著季筱彤單薄脆弱的身軀轉了一圈後，朝穢物轟去。

穢物圓滾滾的身軀彷彿有些恐懼，它本能明白這六道白光的恐怖，如此近距離的爆發，根本難以躲避，於是彙集全部力量，豎起渾身鞭毛，集中在一處，無數黑漆漆的鞭毛硬化成矛，想要將那些光柱破開。

六道光柱摧枯拉朽，每一根都巨大無比，所過之處一切都化為基本粒子，飄散在空氣裡。季筱彤閉上眼睛，她體內冰心之力彷彿點燃，裹挾著她的生命力，瘋狂消耗著，而神術六殺中更巨大的浩然力量，來自於不知何處的冥冥遠方。

季筱彤拚命控制神術的施展方向，竭盡所能維持神術的規模。被挑選為聖女後，神女廟中的便宜師傅啪一聲像是丟破爛丟來的一本書，書中記載的就是早已沒有意義的神術。

她將每一種神術都記得牢牢地，記入了靈魂中。這六殺，是神術中威力很小，排名非常靠後的術法了。

想到這，看到六殺橫掃過去，毀滅萬物的模樣，她從靈魂深處湧上一絲怕，自己剛剛真的是個無知無畏的白癡，當初祈禱的大滅絕術等，都是排名前二十的神術，如果真的施展出來了……

後果不堪設想。

不，恐怕也沒有後果了，大家一起都玩完了。

準虎等級的腐肉圓球穢物，通體都硬化了，剛和六道光柱接近，體表開始粉碎。這光柱無法阻擋，甚至是龐大的它也顯得渺小無比。

怪物焦急之下，猛地在肚皮上開了一道縫隙，那竟然是一只充滿邪氣的眼珠子。眼珠子一眨不眨，死死的看著神術逼近，它的瞳孔裡黑氣一閃，全身都開始縮小。

怪物彷彿在消耗自己來換取能量。

瞳孔中射出筆直的黑光，打在白色光柱上。神術六殺被擊中後，頓時相互碰撞，融合成更加龐大的能量柱，繼續朝怪物碾壓。

怪物身體消耗的速度極快，黑光也越發凝實，但卻沒有耗掉白光絲毫，神術帶著神的威嚴，阻攔在前的一切物質，都是虛妄。

終於，耗盡大部分身體的穢物一聲不吭，消失在白色光柱之中，臨死前發出一聲撕心裂肺的慘嚎。

可以毀滅組織，甚至毀滅半個地球的怪物，就這麼悄無聲息，在沒展露出致命獠牙前，慘死在季家的土地上。

最終殘留下的，不過一團十公尺方圓的黑色焦土而已。

施展完神術的季筱彤心力憔悴，體力耗盡，身體一倒，從建築頂端落下去。

「快，接住大小姐。」季家人來不及欣喜，就眼看著大小姐落向地面，頓時一陣慌亂。

「白癡，不要接，會死的，拿網兜住！」

終於有人記起了大小姐生人勿碰，一碰就死的人設，又是一陣亂叫，手足無措。

忙活了一陣子，這些除穢師想起了自己特麼都會除穢術，手忙腳亂的連忙用除穢術將地面變軟，冰雪般的大小姐，這才舒舒服服的躺在大殿的焦土上，彷彿是暈過去，又像是睡著了。

隨著季家家主趕回來，季家的危機，看似解除，可誰知道，那驚人的神的威嚴，隨著準聖女季筱彤成功施展神術、擊殺可怕的準虎級怪物的事情傳出後，風雲既變，整個世界，都被攪成亂麻。

平靜了數百年的世界，要變天了！

但是這一切的始作俑者，被除穢界稱為神的男人，現在還無知無覺，他現在挺開心的，因為自己終於破解了第二扇門中所有書籍的古文。

記憶超絕的夜諾憑著字形字意，用古文和當今的文字對比後，搞懂了大部分的意思，他從書架最右側的下方開始看書，整整一個星期，才將這大幾百本書全部看完。

「妙妙妙！」夜諾長歎一聲，痛快淋漓。

寫書的人，出生於三千年前。曾經也是暗物博物館的管理員，編號大約為1150，是夜諾的大前輩。這傢伙完成博物館的一、二層的任務，而且特喜歡寫日記。書都是這位前輩寫的，可惜字醜，文化程度也不高，許多地方語句不通，日記如流水帳般，完全沒有閱讀的樂趣。

不過從這些流水帳中，夜諾飽覽了三千年前的人文風土，以及暗物質怪物們的生態，甚至日記裡還提及了大量關於暗能量利用的技巧以及功法，整個就是功法大百科。

三千年而已，暗物質怪物的進化速度，似乎越來越快了，不知道這些功法能不能跟上時代。

但不論如何，這些東西都是自己急需的。他空虛的知識庫中，終於填充了前人研究出的功法，再也不用一頭抓瞎的空有暗能量，而卻無法利用了。

夜諾感慨了一句，挑挑選選，將這些日記中不經意間記載下來的乾貨全部記牢後，這才慢悠悠的走出第二扇門，回到管理室。對照兩扇門後的書，他對整個世界都有了更多的了解，沒有那麼一頭抓瞎了。

只是暗物博物館仍有很多神秘的地方，夜諾至今都沒有頭緒。

他一邊在床上躺屍，一邊歸納著方方面面。首先，博物館的任務是強制性的，隨著任務的完成度增加，他應該能得到更多的遺物，實力也會越來越強，這一點毋庸置疑。

其二，這個博物館，究竟是怎樣的存在？建造它的，又是怎樣的存在？它究竟是在多早以前，就存在於人類社會的？第二間房中的大前輩，出生於三千年前，那時候的華夏，不過才進入鐵器時代幾百年而已，工業以及文明程度都很低下。

暗物博物館，顯然不可能是當時的人類建造的。更何況，三千年前的古人類大前輩，他的管理員編號，已經是1150了，他之前至少還有一千多位管理員，也就是說，博物館出現在更早之前，甚至一直伴隨著人類的數百萬年歷史。

其三，博物館的目的。

很明顯，博物館的目標，就是讓管理員將全部六十扇門都打開。門沒有打開之前，裡邊肯定是有什麼東西存在的。但是一旦將盛放著陳老爺子骨頭的青銅盒子放入門中，門內的存在就消失了。

這是基於什麼原理？這些門的後面，原本到底有著怎樣可怕的東西？陳老爺子的骨頭又是啥？它對博物館而言，為什麼那麼重要？骨頭裡，究竟藏有什麼秘密？是它鎮壓了門後的存在，還是將門後的存在，放逐到空間裂縫中？所以當自己開門後，啥都發現不了？

一切的一切，以現在的夜諾所收集的資訊來說，都完全沒有頭緒，難以解答，只能將其擱置在一旁。

最後的疑點，那就是除穢師們。

這些人很神秘，夜諾作為素人的時候，哪怕智商高絕，也從來沒有發現過暗物質怪物，也沒遇到過所謂的除穢師，但據季筱彤不時脫口而出的隻言片語判斷，他們稱之為組織的除穢師群體，是一個聯繫非常密切，分工非常細的構架。

他們對暗物質生物分類，排等級，也對除穢師進行考核，而且這組織的歷史，貌似同樣不短。

除穢師又到底和暗物博物館有什麼聯繫呢？硬要說沒有聯繫的話，絕無可能。畢竟自稱為十二聖女候補之一的季筱彤，一旦接近他，渾身的冰冷能量就跟攀親戚似的，自來熟，老是朝他身體裡湧。

甚至有絕大一部分賴著就不走了。

特麼就沒見過這麼厚臉皮的能量。雖然那些賴著不走的，最終也變成夜諾自身的力量，但不請自來的能量，對理智的夜諾而言，就是一種不可控變數。

凡是不可控的因素，夜諾都不喜歡。

最重要的是，聖女和暗物博物館，肯定在冥冥中有著重要的關聯。畢竟季筱彤使用神術，就需要夜諾授權，而夜諾花費了許可權點授權後，暗物博物館會分裂出一絲能量，順著神術的溝通管道，蔓延過去。

這就是神術的本質。所謂的神術，調用的不過是博物館的能量罷了。

一想到這，夜諾更覺得博物館不簡單。

時間過得很快，整整一個月，在破解文字和閱讀書籍中，眨眼般便過去了。

整整一個月，整個世界都彷彿顛覆了似的，暗流湧動。凡人察覺不到的暗中，無數的除穢師都穿梭在大街小巷，不知道在調查些什麼。

「聽說季家的冰聖女前些日子施展神術，擊退了一隻準虎級怪物。她成為真正聖女的呼聲，已經非常大了，季家的死對頭李家，這次怕是要著急了。」春城的一家餐廳中，幾個除穢師壓低了聲音，交頭接耳。

「所以李家大手筆懸賞，要查查那日發生在季家的情況。臥槽，懸賞豐厚極了。」

「懸賞再多又有什麼用。季家已經宣布封山，就連組織的詢問也裝作不知道，一問三不知。季家人，據說三年不准出本家，現在跑去的除穢師，不被當作奸細抓起來才怪。」

「也不怪季家，畢竟一隻準虎級的穢物就在他們家裡肆虐，估計遠遠不只脫了一層皮，氣都怕只剩一口了，怎麼可能不草木皆兵！」

「算了算了，喝酒喝酒。你們說，季聖女真的施展了神術？」

「假不了。方圓千里，都聽到冥冥中施展神術的禱告聲，那陣仗之大，顯然只有神語顯像才能解釋。而且，李家為什麼要懸賞？有傳言說，李家的聖女已經卜過卦了。」

「臥槽，你說李聖女卜卦了？哇，不得了，不得了。」這群人中有幾個的眼神精光大冒。顯然李聖女卜卦這個消息的分量，絕對不輕。

「哎，喝喝。有點意思，估計他們十二家就要不太平了。」

「何止十二家。這幾百年神都沒有出現過，現在神術順利施展成功，證明神已經回歸了。組織方面到底有啥想法，咱們不知道，也不敢問，走一步算一步吧，咱刀口上舔食的，哪裡食多，哪裡食好，就往哪裡撲。」

「老劉，你不會想著拚一拚，單車變摩托，要去季家碰運氣吧？」

「嘿嘿，現在不賭一把，今後中年危機了，咋撐得過去？萬一我今年運氣好咧，老子連紅內褲都穿上。」

一群人吃吃喝喝，無論嘴裡說著什麼，但其實都清楚。風雲季變下，何止是十二家，就算是龐然大物般的組織，也在神術施展成功的一瞬間產生了變化。

是好是壞，沒人知道。當下，小心的人有，但更多是想要賺一筆的亡命之徒，而這首當其衝的目標，就是季家。

不知道被準虎級怪物摧殘到只剩下半條命的季家，撐不撐得住。

同一時間，夜諾站到暗物博物館的第三扇門前，開啟任務後，看著門上血淋淋的幾行字，他陷入沉默中。

04 中邪的老二

血淋淋的字，如同陷入了門縫中的溝壑，深邃而又簡單。簡單得讓夜諾抓狂。門上的字不多，寥寥幾十個罷了。提供的線索非常的少，難不成是真的過了新手保護期，就連任務提示也變得吝嗇了？

——萬物皆有裂痕，那是黑暗潛入的地方。新的管理者啊，請前往距離春城六百公里外的陰城，那裡潛伏著一個莫須有的邪惡之物，將它的秘密尋找出來，獻給我。

我將開啟這扇門。

時限：30天

失敗或超時限，新的管理者啊，你將會變成過去式。

特麼，任務時長居然需要三十天！夜諾不由得皺眉。根據前兩次的經驗，任務時長通常和難度是成正比的，需要時間越長，任務就越難，再加上第三個任務，只提供了地點。

而最為重要的資訊，怪物的身分以及具體的存在方式，卻一丁點都沒有透露。陰城可是個大城市，擁有八百多萬人口。在幾百萬中尋找一個莫須有的邪惡怪物，看似挺多的三十天任務期，恐怕光是打探搜索就需要極長的時間。

況且最主要的是問題，還要落在第一句話上。

萬物皆有裂痕，那是黑暗潛入的地方。

這句話絕逼有問題。

夜諾摸摸鼻翼，這句話的原文，來自於李奧納多・科恩(Leonard Cohen)的歌詞。原本的意思是萬物皆有裂痕，那是光潛入的地方。

任務將光改成黑暗，絕不僅僅只是改動一兩個字那麼簡單，夜諾明顯嗅到極度危險的味道。

「不好搞啊。」夜諾回到管理室，通過網路，查查陰城當地的新聞、媒體，以及論壇和群，但是一無所獲。

畢竟一個八百多萬人口的地方，不是怪事很難找，而是實在是太多了。老祖宗說人多，多作怪。人口一多，莫名其妙的神經病也會呈現數量級的增長，在這些毫無用處的無數資訊中篩選出有用的來，實在是難於登天。

果然，還是得去陰城當地找找看嗎？

想到這兒，夜諾心虛的查了查銀行餘額，悲哀的發現最近一段時間花銷很大，他存的錢基本上沒剩多少了。如果以前是窮逼的話，現在已經是窮的一逼，比窮逼還要多一個一。

說實話，他就剩下去陰城的車票錢。住宿差旅等等，長達一個月的費用，哪怕是吃得再差，住得再糟糕，也遠遠負擔不起。

「頭痛啊，這個博物館怎麼就不能像別人家的小說一樣，完成任務也能兌換些東西嘛，不人性化。果然小說都是美好的，現實都是醜陋的。」夜諾吐槽幾句後，收拾了些東西，打道回府，去了學校宿舍。

今年拖欠的獎學金應該要發放了，夜諾準備回去找校長多訛一筆當作路費，作為沒良心的學霸，全額獎學金這種東西，他想要，簡直就是囊中之物。

春城大學還是老樣子，就連宿舍也沒啥變化。

「老三，你都一個月沒回來，還以為你人間蒸發了咧，老二急得差點要報警。」一進門，宿舍同室的老大看到夜諾就眼淚汪汪的，抓著夜諾準備來個過肩摔。

夜諾笑嘻嘻雙腳一撐，這個身高一百八、學了十多年柔道的老大，硬是沒掰動他絲毫。

老大驚得不輕，這小子以前就只是智商高罷了，現在不得了，身體素質跟吃了仙丹似的，突然就強悍了。怪了，這一個月，他到底發生什麼事，似乎整個人都有了很難描述的變化。

「你小子……」老大向後退幾步，仔細的觀察夜諾。

「看啥，我又不是彎的。」夜諾鄙視道：「老二想我，屁的咧，估計是考試沒我的小抄，考砸了。」

老大乾笑兩聲。

整個宿舍四人都是沒心沒肺的主。按年齡排行，夜諾排老三，也絲毫沒有因為他是學校大魔王的身分，就受到特殊待遇。這對夜諾來說，很舒服。

「但你小子，真的有些變了。」老大不死心，繞著圈子的打量夜諾。

夜諾心知肚明，從前的自己還只能說是智商高罷了，現在體內修煉出暗能量，肯定會讓熟悉的人察覺出來，於是他撇撇嘴，正要說什麼。

老大恍然大悟，像是想到什麼，大聲啊啊啊：「臭小子，該不會是交女朋友了吧？」

夜諾險些沒岔過氣，特麼，自己是從哪方面能被人誤會成交女朋友了，老大的思想太不純潔了：「真沒。」

「老三，你娃娃閻王爺說謊，騙鬼。太不厚道了，你看你神清氣爽的，只有交到女票，才面色那麼紅潤光潔。難怪你一個月都沒出現過，不會是跨出那重重重要的一步了吧？」老大一邊憤慨，一邊滿眼睛都是八卦的小星星。

「什麼重重重要的一步？」夜諾有點懵。

「打，打打打波爾啊。」老大憋了半天，終於憋出這麼一句。

呃，二十好幾的人了，明明是母胎單身至今，將右手的手速練習超越光速的主，卻連思想都如此純潔。

夜諾無語中：「我沒女朋友。」

說話間，老四打著飯進來了。老大一把拉過老四，大嗓門的道：「老四，你看老三是不是有女朋友了？」

「老三回來了？切，這東西看面相怎麼看得出來。等等，咦咦咦。」老四一盯著夜諾看，也覺得夜諾變得不同了，頓時斬釘截鐵的點頭：「不錯，絕對是有女朋友的滋潤才會變得如此面目可憎。該死的老三，咱們老大都還沒找到女朋友，你竟然忘記了兩年前進入這道門時，咱四人歃血為盟的誓言。」

「兄弟，你中二病又犯了。」

兩個人拽著夜諾的脖子，嚴刑逼供他的女朋友姓誰名誰，究竟在這一個月當中和她做過什麼見不得人的事情。

夜諾身正不怕影子歪，但就算影子不歪，也快被活活掰歪了。

就在這時，老二也回來了。他走路有點飄，不帶風，一進門的瞬間，整個宿舍都溫度陡降，陰森森的，讓人很不舒服。

「老二，你怎麼才回來。今天老魔王的課，他點名點到你，幸好我幫你答了，不然你這學期的學分堪憂啊。」和老二讀同一門課的老四突然打個顫：「怎麼又冷起來了，好冷。」

老二的臉色有些不正常的慘白，他點點頭，沒說話。

剛剛還熱熱鬧鬧的宿舍，陡然變得沉默起來。老二逕直走到自己的床邊，坐在椅子上，一聲不吭的不知道在失魂落魄什麼。

老大和老四都同時歎了口氣。

「老三，你別理他，讓他自己安靜一下。前些日子老二據說交往了個女票，沒幾天就分手了。分手原因他沒說，可之後就丟了魂似的，有點不太對勁兒。」老大湊到夜諾耳邊，偷偷說道。

夜諾看了老二一眼，冷哼一聲：「這可不是失戀了那麼簡單。」

「什麼意思？」老大和老四同時一愣，他們知道自家的宿舍老三在學校裡被稱為大魔王可不是吹的，智商高不說了，看事情也出奇的準。

「你看他一臉傻傻的，走路飄來飄去沒有根，最主要的是，你們看他走路時候的腳。」夜諾道。

「他的腳怎麼了？」

「老二的後腳跟，著地沒有？」

幾句話，說得老大老四背後同時湧上一股陰冷寒意。

「老三，你可別嚇我們。你以前都是知識學神的人設，怎麼今天說話都神神叨叨了，變得跟神棍似的。」老大打了個冷擺子，不由自主的朝老二看過去。

老二坐在床邊，就那麼坐著，直愣愣的睜著眼睛，啥也沒幹，視線似乎也沒有焦點，真的像是恐怖電影裡被奪了魂的人物。最重要的是，這傢伙一百七十五公分的個子，坐的又是書桌的矮椅子，雙腳應該是能接觸地面的。

可怪異的是，老二腳後跟，確實沒有挨地，而是以非常彆扭的姿勢抬起來。他腳尖碰著地，腳後跟斜著往上抬，就彷彿，彷彿他的雙腳之下，還墊著一雙看不見的腳……

兩人看清楚後，嚇得頓時頭髮都豎起來，急道：「這該不是撞邪了吧？」

「邪，什麼邪？」夜諾道。

「就是那個，很不唯物主義的東西啊。」老大吞吞吐吐，越看越像：「被，被鬼附身啊。」

夜諾笑了：「這世上沒有鬼，我們要用科學的辯證眼光看問題。」

科學辯你妹啊！

老大老四腦袋上一群草泥馬跑過去，你妹的，剛剛明明是你小子讓我們看老二的腳的，現在看出問題了，你倒好，要跟我們談辯證思維了。

「那，那老二怎麼了？」老大一咬牙問。

「沒什麼，我先瞅瞅看。」夜諾暗暗運起暗能量，給眼睛開了天光。

只見老二果然不對勁兒，他身後貌似有一條淡淡的影子，墊在他身下，哪怕是坐著也將老二整個人抬起來。最可怕的是，這條影子，正在不斷的吸食著老二的生命力，老二的精氣神損耗得嚴重，估計再遲幾天，就沒命了。

這什麼東西？夜諾不太確定這是不是某種暗物質怪物，但有一點能確定，它正在悄無聲息的殺死老二。

老大老四都嚇得抱成一團，離得遠遠的，見夜諾想走向老二，連忙拽住他：「老三，別過去，你不要命了？」

「放心吧，我有分寸。」夜諾走到老二跟前，喊了一聲：「老二。」

「……嗯？」老二對他的聲音沒有太大的反應，仍舊眼神發懵，就連抬頭看夜諾都緩慢得厲害。

夜諾倒也乾脆，呸的在手心裡吐了一口氣，暗能量頓時湧入手掌心，之後他啪的一聲，狠狠搧在老二的臉上，罵道：「還不滾出來！」

只見老二背上的黑氣被暗能量抽中，滾了幾圈，飄到空中，夜諾連忙一把將它給拽住，這東西掙扎幾下，可是夜諾手中的暗能量將它夾子似的，將它裹得死死的，任它如何掙扎都逃不掉。

夜諾看了幾眼後，還是沒搞懂這到底是怎樣的存在。說它是暗物質生物，不像。說它是單純的暗能量聚合體，也不像，這東西更像是某種更可怕的東西上分裂出來的一絲氣息，一絲邪惡至極的氣息。

這應該，是某種詛咒。

夜諾轉念一想，將這一絲邪惡的氣，塞入手鏈中，準備事後研究。這翠玉手鏈上有了六顆翠玉珠後，經過夜諾的研究，發現裡邊可以裝入別的能量體了，任何能量體都可以裝進去，更不用說這一絲邪惡之氣。

做完這些事，吃痛的老二這才醒過來，大罵一聲臥槽：「老三，你回來了！你特麼打我幹嘛？」

夜諾抓過他的腦袋，上上下下像是抓跳蚤似的打量了一番，問道：「你還記得一分鐘之前的事情嗎？」

老二愣了愣，半晌才搖了搖頭：「他奶奶的太怪了，好像真不記得了。」

「你記得的最早的事情是什麼？」夜諾又問。

他本能地覺得這件事有古怪。老二雖然是個富二代，但是他從來不擺架子，人也特別二，和同宿舍的三人相處融洽，除了宿舍同室三人，學校裡幾乎沒人知道他是富二代。

按理說這麼低調的人，不應該被穢氣詛咒才對，難道是他們家被什麼人惦記上？

「能記起來的不多了。」老二沒反應過來：「老三，你問這個幹嘛？」

「沒，隨口問問。總之你小心一點。」夜諾想了想，咬破中指，擠出一點血猛地點在老二的眉心上。

老二嚇了一大跳：「老三，你神神叨叨的在幹嘛？」

「傻了啊，老三在救你。」老大走過來，不斷地用眼神問夜諾還有沒有事，得到他沒事的回覆後，這才鬆口氣。

「救我？特麼我又沒事。你自己看看老三，他一個學霸，現在就像個跳大神的一樣，還用血糊我。」老二不滿。

「老二，剛剛老三是真的救了你，你中邪了知不知道。」老四掏出手機：「你自己看看我剛剛拍的視頻。」

這傢伙將手機遞過去，老二看到視頻裡自己人不人鬼不鬼的模樣，嚇了一大跳：「這真的是我，我到底怎麼了？」

「用科學一點的說法解釋，你被詛咒了。」夜諾說。

眾人一頭黑線，這說法特麼哪裡科學了？

「不應該啊，我最近又沒有做什麼天怒人怨的事情，就是前些日子，咱們春城大學和陰城大學組織聯誼，我不是急著脫單嗎，聽說陰城大學裡邊美女多，就報名參加了。」老二咕噥著。

一聽到這兒，夜諾猛地抓住他的胳膊，急問：「你和陰城大學聯誼過？」

真是要瞌睡來枕頭了，沒想到自己急著找第三個任務的線索，這還正沒頭緒咧，就不經意來了個大驚喜。

「老三，你樂呵啥啊？人家老二聯誼，你笑成這樣。」老大吐槽。

「沒，繼續說。」夜諾乾笑兩聲：「老二，你繼續說。」

「那個，呃，陰城的美女確實很多啊。當時我們春城大學有二十多個老光棍，十多個腐女一起去參加的，陰城大學不愧是高顏值集散地，來了十多個大胸美女，還有好幾個長腿歐巴。」

說到這，老大和老四兩個單身狗哈喇子都給聽出來，狼吼道：「老二，你這傢伙不夠義氣，居然不喊上兄弟我們。」

「息怒息怒，我也是臨時被喊過去的。」老二訕訕笑著。

夜諾瞪了這倆見色不要命的傢伙一眼：「幸好你們沒去，不然一宿舍都被詛咒了，我可不一定能救得了一窩子人。」

「老三，你真覺得我是在聯誼會上被詛咒的？」老二問。

廢話，夜諾當然也不確定。但是第三個任務的目標就在陰城，巧的是去陰城聯誼過一趟的老二身上就出了問題，這也太巧。

老二仔細一想，頭上冷汗就下來了：「現在回想起來，那場聯誼會，確實挺怪的。不是說聯誼會本身怪，我看上一個小美女，跟她交流一下，她這個人，真的很怪。」

「說來聽聽。」夜諾來了精神。

「不說行不行？」老二為難道，估計有什麼黑歷史。

夜諾聳聳肩：「不說也行，總之我也只是臨時將你身上的詛咒打散了，你會不會有問題，我就不知道了。」

老二嚇了一大跳：「行，行，我說還不行嗎！」

老二把他那晚的經歷講出來，那一晚，確實有點怪。

事情要從一個禮拜前說起。

要說夜諾的宿舍，特麼就沒有一個正常人。

老大是肌肉狂，肌肉線條多到長進了大腦裡，每天哀號著沒有女人喜歡自己，母胎單身多麼可憐，但是其實他長得不差，就是腦子裡進肌肉了，智商不高。那些明明喜歡他的鶯鶯燕燕們，明目張膽的暗示，他硬是一個也都沒聽懂，只顧著自艾自憐，神經線條粗到堪憂啊。

老三夜諾就不說了，高智商學神人設，在學校裡幾乎無人不知無人不曉。

老四看起來文質彬彬的書生模樣，實則是宿舍裡最騷，嘴巴最賤的傢伙，同樣的母胎單身癌患者。

而老二，就有點意思了。

他叫李家明，春城首富的大公子。這傢伙不去數一數二的國際大學就讀，偏偏要守在家門口進入了春城大學這間二流學府，至於原因，他不說，夜諾也從不問。他人也怪，作為富二代，偏偏愛隱藏自己的身分。

老二有自己對愛情和友情的看法，他說一定要找一個只看重自己本質的，不看錢財，純潔漂亮的女朋友。

所以大學兩年，這傢伙穿得普普通通，吃得普普通通，加上模樣略有些猥褻，自然不受女生待見。偏偏他作為富二代的眼光高，盡用最窮逼的手段去追求校花，惹了不少笑話也不在意。

他還有一個最大的愛好，不放過任何一個聯誼會。口頭禪是，萬一他的另一半就在聯誼會上出現呢。如果自己不去，自己的那個她，不就被搶走了。

好好一個富二代，特麼三觀太有問題了。

夜諾看到老二進宿舍的第一天，就識破了他的富二代身分，也不止一次用言語表明，對老二的人生觀和世界觀的鄙視。

自古郎才女貌是有道理的，人家公鳥追求母鳥，也要鍛鍊自身，或築個巢用三室一廳誘惑母鳥；或找個樹洞提前裝滿一家幾口糧食誘惑母鳥；或長出好看的羽毛、顯示性感線條曲線誘惑母鳥。

總之找女朋友，要不是容貌要不是財力，都得去誘惑母鳥才行，你個老二表現得一沒財二沒貌，自己也不找條件差的，人家美女傻啊，圖你個什麼啊？

夜諾下斷言，說老二再這麼下去，絕逼大學四年找不到女朋友。可沒想到，這次打臉了。老二真的在聯誼會上，找到了符合他人生觀和價值觀的女友。

也不是說夜諾不要願賭服輸，而是他一聽就覺得有問題。畢竟，老二這個女朋友，確實太怪異了。

春城大學和陰城大學同屬於二流大學，是兄弟校。每年都有學生交流，一來二去，兩校學生打得熱火朝天的，造成大量的異地戀。

這些異地戀的兩校學生們一琢磨，不對啊，憑什麼只有我們在苦逼的異地戀，非要看著你們這些正常的傢伙在學校草叢裡陰暗處卿卿我我，備受折磨，這個畫風很討厭耶。於是本著製造更多異地戀孽緣的邪惡思想，不知從哪一屆的學長學姐們開始，每年都會慣例的舉行一場兩所學校的聯誼會。

今年是第七年。

陰城大學是師範學校，和春城大學這種理科院校最大不同就是美女多。理科院校狼多肉少，肉的品質不高也是公認的，所以春城大學的狼兒們，最大的願望就是參加每年一度的兩校聯誼會。

聯誼會的人數，每年都不變，每個學校三十五人，競爭異常激烈。參加的人基本遵照最赤裸裸的社會法則，要麼有才華，要麼有貌、要麼有過人的長處。按理說深深的隱藏著自己富二代身分的老二，就憑他那副歪瓜裂棗長相，是怎麼都不可能參加得進去的。

但耐不住人家是真正的富二代，而組織聯誼會的學生會會長，又是少數知道他身分，畢業後想要進入他父親公司的舔狗。於是學生會長力排眾議，不光讓老二參加了，還不動聲色的把他舔得很舒服。

那時候他還遠遠沒有想到，自己將會墜入那種地獄！

05

詭異的女孩

人類是社會動物，只要有兩個以上的人，就會自然形成社會體系，社會是分層的，哪怕是愛情也一樣。

有資源的一方要麼向美色妥協，要麼美色向資源妥協。但很明顯，聯誼會中的春城大學明顯不佔優勢，畢竟陰城大學美女多，而這一屆的春城大學又沒啥拿得出手的。挑挑選選三十多人都特麼關係戶。

學渣、自戀狂、啥人都有，學生會長都要絕望了。

還好在老二暗地裡贊助下，聯誼會選擇在陰城一家五星級酒店的餐廳舉辦，好不容易給春城學生掙回了些面子。

當天春城大學的三十人坐老二家公司的車去的，旅行車直接將他們拉到酒店門口。

一看到豪華的酒店大門，校花楊翠安就止不住興奮，靠著學生會長的椅子，軟膩膩的說：「會長，你太有本事了。沒想到咱們的聯誼會竟然在金豪酒店，聽說這家五星級酒店的老闆很有背景，一般人想要在這裡舉行活動都很難。」

學生會長趙鐵柱得意的大笑幾聲：「那是有貴人幫忙，人家金豪酒店才肯讓我們包下整個餐廳。」

「哇，咱們竟然包下了五星級酒店的餐廳，還是整個。」楊翠安驚呼。她眼睛裡一時間閃過許多東西，不知道究竟在想什麼。

「但這次聯誼會，還真是歪瓜裂棗，什麼人都能混進來。」楊翠安一邊朝會長撇撇嘴，一邊看向樂呵呵的望著窗外的老二瞅一眼，低聲道：「會長，李家明怎麼也來了？他也配？」

會長聽到這話，冷汗都冒出來。姑奶奶啊，人家李家明才是咱們這次聯誼會的大贊助，不然憑著這一屆的歪瓜裂棗，人家陰城大學都不一定想要聯誼了。

「嘿嘿，你不也來了嘛，咱們選拔可沒暗箱操作。人家李家明是靠自己實力參加的。」會長連忙道。

校花楊翠安冷哼了一聲：「我才是憑實力來參加的。他李家明，鬼知道給你什麼好處。」

「姑奶奶，你別說了。我可沒拿人家什麼好處。」

「哼，說的也是。就憑李家明那一身寒酸的衣裳，估計他也沒好東西能給你。算了算了，眼不見為淨，免得破壞我的好心情。」都說女人的臉，說變就變。提到老二的時候班花一臉嫌棄，可下一刻眼見陰城大學的同學們都來了，臉就又變了。

笑顏如花般綻放，那朵花看起來很美，內裡卻透著陰沉，就和這黑壓壓的天，一模一樣。

學生會長心裡連連苦笑不已，這次歪瓜裂棗的關係戶本來就多，最讓他頭痛的就是這兩個人。一是李家明，他當舔狗當了兩年，人家硬是沒理會他，好不容易這次通過聯誼會搭上線了，怎麼著也要好好表現一下。

畢竟今年他就畢業了，已經簽了李家明家公司的 offer，作為寒門子弟他努力謹慎才走到這一步，只要攀上李家明這棵大樹，今後肯定前途無量。

第二個，就是這校花楊翠安了。

作為校花，楊翠安一直都不肯參加任何聯誼會，畢竟光是在春城大學就有一堆人追求她。但楊翠安走在眾追求者間，不知道有多少備胎，卻片葉不沾身，她至今都吊著所有備胎，沒有和誰真正交往過。

反常的是，這一次她一改片葉不留身的高姿態，突然找來說要參加聯誼，這讓學生會長吃了一驚。耐不住這位大美人撒嬌，會長當即就答應了，只不過，他實在搞不懂，明明不需要參加聯誼會的校花，究竟為什麼跑來湊熱鬧。

兩所學校七十人，都對金豪酒店的豪華讚歎不已。陰城大學的學生會長也樂滋滋的握著趙鐵柱的手，搖個不停：「會長，你們這次約的聯誼地點，很上檔次嘛。」

「那可不是。」趙鐵柱異常得意，今天的聯誼規格高，估計就算是畢業後，今後歷代的學生會長想要超過自己，也是難上加難。

聯誼會如火如荼進行著，幾場熱身小活動將場面打開後，大家就開始瞄準喜歡的目標下手了。春城大學的狼們圍攻各路小美女，而陰城大學的所有長腿歐巴看到校花楊翠安的美顏後，就挪不開眼睛了，紛紛圍上去。

老二端著一杯紅酒到處找目標，陰城大學的美女們雖然品質都很高，但卻幾乎沒有入得了他嚴苛的法眼的。本來還有些失望，突然，他眼前一亮，看到角落裡坐著一個清純美女。

這個女孩大約讀大二，不長不短的披肩髮，安安靜靜坐著喝飲料。她不知為何故意坐在最角落的位置，燈光照射不到她，反而在她身上披上一層神秘的黑紗。

老二看到這女生的一瞬間，就感覺心臟被撞擊一下，奶奶的，這絕逼是一見鍾情的預兆。

「今晚良辰月色，又有美酒美食。小美女你怎麼獨自一人坐在孤僻的位置，悶悶不樂？」老二一向很直接，衝上去就文謅謅的來了這麼一句，那一臉的猥褻，簡直是敗壞富二代的名聲。

小美女抬頭看他一眼後，又低下腦袋。

老二自來熟，端著酒就坐在她身旁，各種段子張口就來，但是女孩自始至終都彷彿有什麼壓得喘不過氣的心事，沒有說過一句話。

在老二唱獨角戲的時候，遊走在各人之間遊刃有餘的楊翠安把會長堵在衛生間的偏僻處，抬著魅惑的眼，軟軟的問：「會長，有一件事，人家想請教你。」

會長和陰城的女會長在一起喝多了，打了個酒嗝，滿不在意的問：「啥事。你不在那些長腿帥哥邊上挑一個，來找我幹嘛？」

「哎呀，都說有事想請教啦。」楊翠安嗲嗲的又道：「你這家酒店，是誰幫你訂下來的？」

「當然是我自己的關係。」趙鐵柱拍著胸脯，志得意滿。

楊翠安的眼中閃過一絲遮掩很好的鄙夷：「人家知道咱們會長很有本事，但，你老家在很偏遠的山區吧，哪來的本事能將金豪酒店的頂層全包下來，不要說你不能動學生會的辦公資金。就算是真要用錢，也不一定能將人家金豪酒店的老闆搞定。」

會長尬笑：「但我確實做到了。」

「好了，不要跟我打啞謎了。」楊翠安不耐煩起來：「咱們明人不說暗話，我也不想裝了，李氏集團的太子爺，到底是誰？」

這一句話，把趙鐵柱的酒嚇醒一大半：「你怎麼……」

話說了一半，他立刻閉上嘴。

楊翠安呵呵笑起來，她心裡湧上一陣狂喜。對了，那個消息果然是對的，看會長的反應，李氏集團的神秘太子爺，果然在這次的聯誼會中。

「我不知道你說什麼。」會長想要將楊翠安推開。

校花不死心：「我有可靠的消息，李氏太子爺贊助了咱們這次聯誼會，還會親自參加。只要你把他介紹給我，憑人家的美色，肯定能手到擒來。會長……」

她的這一聲會長，叫得趙鐵柱骨頭都快要酥軟了。

「會長，你不是今後要到李氏集團上班嗎？如果我嫁給了李氏集團太子爺，今後絕對不會虧待你。」

趙鐵柱酒完全醒了，借他一百個膽子，他也不敢把李家明的真正身分說出來。誰知道那脾氣古怪的太子爺還有什麼奇葩的愛好，他可不想還沒進李氏集團，就把今後的大老闆都得罪了。

「這個我真不知道，呵呵。」會長想要推開楊翠安逃掉。

楊翠安將白皙的雙手用力按在趙鐵柱的胸口：「會長，你是想現在就要報酬嗎？嘻嘻，沒想到你喜歡這一口。沒關係，我什麼姿勢都會，一定會讓你舒舒服服的，只要你告訴我李氏太子爺是誰。」

說著一雙肉手緩緩下滑，趙鐵柱嚇得魂都快飛沒了。

從小就窮怕了的他，對美色不感興趣，只在意仕途。何況當初太子爺可是追求過楊翠安的，但是楊翠安根本對人家不屑一顧，還好幾次當眾羞辱他。

太子爺的喜好也太奇葩了，誰知道現在還對楊翠安有沒有意思，今天這件事要被太子爺知道了，天曉得自己會死成什麼樣子。

會長逃也似的好不容易才溜掉，氣得楊翠安直跺腳。

她氣不打一處來的回到餐廳，正好看到老二和一個黑髮黑衣服的女孩單方面聊個不停。一看到老二，她的怒火就冒得更凶了。

楊翠安家境不好，從小就早熟，目的性非常強。初中高中，她交往的對象全都是學校中最富有的，所以哪怕家窮，她也出落得沉魚落雁，越來越漂亮。她想要的東西，從來沒有缺過。本來進大學的時候，也同樣抱著類似的想法，想直接找個有錢人當男友的。

但有一次從某個忘記名字的備胎口裡，她偶然聽到個驚天大秘密。李氏集團的太子爺，那個春城首富，甚至是全省首富的太子，不知為何隱姓埋名在春城大學就讀。

這個消息，讓楊翠安狂喜不已，她感覺機會來了，從那天開始，她就冒出個極大的野心：她要勾上那個太子爺，上李氏集團的船。如此一來，整個李氏集團，最終都會掌握在她手裡。

楊翠安覺得憑自己的美貌，絕對做得到。於是在春城大學的兩年，水性楊花的她收斂起本性，努力把自己裝成一朵白蓮花。她啥都準備好了，但萬萬沒想到的是，用了兩年時間，自己仍舊沒有搞清楚，李氏集團的太子爺到底是誰。

原本以為得到消息，知道太子爺會參加這一次的聯誼會，從二十九個男生中準確找出太子爺的身分，然後努力勾引他，肯定是手到擒來的。

沒想到直到現在，楊翠安也沒找到。更糟糕的是「李」是大姓，聯誼會中姓李的同學，特麼一共竟然有七個，但這七人怎麼看都不像是手握數百億資產的大財閥繼承人啊。

楊翠安心裡窩著火，所以看到老二那副猥褻模樣，就更火了。那個李家明噁心得很，又窮又醜，也不照照鏡子，真不知道憑什麼勇氣來追求自己。而且那時一追就狗皮膏藥般，追了一整年，噁心得她想吐。

校花自認將她的本性隱藏得非常好，可是在李家明的追求下，差點就暴露出來，因為老二那獨特的窮逼追求法，實在是太噁心人了。

沒有從學生會長那裡訛到消息的楊翠安迫切的想要找垃圾桶發洩，她用陰冷的視線望著李家明，之後慢悠悠的端著酒走過去。

「家明，咱們很久沒見了，聽說你前些日子不舒服。」校花裝作關心他的樣子，嗲嗲的說。

李家明轉過頭看她一眼後，又轉過腦袋繼續和那女生唱獨角戲，沒理她。老二確實是追求過楊翠安，但那時候他太單純，色迷心竅，不過當老二搞清楚楊翠安的本性後，就對她完全沒了興趣。

見這個在自己的眼中，地位連備胎都不如的垃圾竟然無視自己，楊翠安氣得險些炸掉。她仍舊笑顏如花，可眼神裡卻冰冷無比，她一定要讓李家明這條噁心的蟲子，在春城大學和陰城大學的名聲全臭掉。

李家明不是喜歡這個女生嗎，想到這，楊翠安又是暗暗冷哼一聲。

「家明，你怎麼不理我了？以前你不是一直在追我嗎？」楊翠安輕聲道：「雖然追我的手段，又齷齪又噁心，就像喉嚨口的一口濃痰，想吐又吐不出來，差點把我給嗆死。」

老二皺皺眉頭。

楊翠安見老二不開心，立刻高興起來，她乾脆坐到小美女身旁：「家明這個人，不是壞人，就是腦筋有問題。」

她對小美女說：「你不跟他說話是對的，一旦你給了他一點陽光，他就會異常燦爛，貼著你不放。妹妹啊，聽姐姐勸，離他遠一點。」

「楊翠安，你瞎說什麼啊。」老二有點懵，自己應該沒得罪過楊翠安吧。雖然去年他追求楊翠安的時候，楊翠安經常讓他去照鏡子，不要瞎想著癩蛤蟆吃天鵝肉，但他早知難而退，沒有再追她了。

怎麼今天這女人瘋了似的，逮著自己找茬。

聽到老二竟敢叫自己的全名，楊翠安彷彿被侵犯了般，聲音尖利起來：「我的全名也是你這種渣滓能叫的，你也不看看你是誰。」

眼看著老二真的要怒了。

楊翠安越發得意，她不斷的用最溫柔的語言，將老二貶低得一無是處，說他還不如自殺算了，對社會對人類都有益。

就連性格奇葩的老二，也氣得握緊了拳頭。這楊翠安，怎麼這麼歹毒？好，你狠毒是吧，老子拚著暴露身分了，也要弄得你顏面掃地，再也不敢在春城大學混。

由於發生在自助餐廳的偏僻一偶，沒人能察覺這裡已經快成戰場。直到一聲女人的尖叫，引得所有人都側目過來。

只見楊翠安難以置信的尖叫著，她的頭髮濕漉漉的，黏答答的飲料從頭頂流下來，流滿她全身。

楊翠安這輩子都從來沒有這麼丟過臉，尷尬過。

一直沒開口的小美女輕輕將手裡空了的水杯放在桌子上，仍舊沒有說話。

楊翠安聲音都氣得在抖：「你竟敢用飲料潑我，我明明好心提醒你，你這個婆娘，簡直就是潑婦，這輩子都沒有人敢動我，我要讓你一輩子都抬不起頭，再也沒法在陰城大學混。」

這一刻爆氣之下，她的本性徹徹底底暴露無遺。

就連老二都愣住了，他有些懵。明明楊翠安說的是自己，惹怒的是自己，可偏偏這個沉默的女孩替自己報仇了，這特麼，難不成他尋找了幾十年的真命天女真的出現了！

老二心裡頓時樂開花。

陰城大學的長腿歐巴們見楊翠安被潑了飲料，連忙湧過來。有的給她遞紙，有的紛紛責備小美女，有的用陰毒的眼神看著老二。老二卻樂滋滋的，順便記下那些毒辣的瞪著自己的傢伙，今後再慢慢報復。

「走。」一見整個聯誼會因為自己潑了個潑婦而亂糟糟，小美女也沒心情待下去了。

她一把抓住老二的手，朝門外跑去。

老二握著美女小小，柔柔的手，心神蕩漾。他們在奔跑，跑向出口，在老二的眼中，就彷彿跑向了教堂。

這傢伙一瞬間已經考慮到婚禮在哪裡舉行了。據說馬爾地夫不是有一個秘境島嶼嗎？特麼的通通包下來，讓老大老三老四全羨慕自己最先脫單！我女人值得這場面。

好嘛，短短一瞬間，老二已經把不知名的小美女當內人看待了，這傢伙真特麼是富二代？太丟富二代的臉了！

跑出酒店後，月色已經高照。酒店的街道前車水馬龍，閃爍的霓虹一直倒映在沉默的美女臉上，他們漫無目的的在街道上亂走。

終於老二忍不住了：「美女，我們去哪兒？」

「覓雅。」女孩說：「我叫程覓雅。」

老二又是一陣暗喜，原來咱老婆叫程覓雅，名字和她人一樣好聽。

程覓雅帶著他來到河邊，在河堤邊緣，張開雙臂，一邊走一邊用力呼吸：「河水的味道，好好聞。」

河道翻湧起浪花，輕輕的流水聲遠遠近近，只不過下了幾個台階，就像逃離了城市的喧囂，留下的只剩恬靜。

老二不知為何，也寧靜下來，他覺得自己挺喜歡這種感覺，越發喜歡這女孩。初戀吧，這絕逼是初戀的心動。

他們就這樣一直走，一直走，走了一個半小時。期間只說過幾句話，還全是老二說的，程覓雅一聲不吭。

時間緩慢過去，河道在眼前拐了一個彎後，岔開了，她突然打了個顫，不知為何，她似乎有些恐懼。

「我家到了。」程覓雅抬頭，看向河對岸的公寓。她黑黑的瞳孔中，倒映著的那棟普普通通的公寓，卻張牙舞爪，像個噬人的怪獸。

「啊，你要回去了？」老二意猶未盡。

「嗯。」她對他點點頭，再見也不說，就快速朝公寓的方向走。

老二連忙追了上去：「覓雅，你好像悶悶不樂的，是不是有什麼心事？說出來，說不定我能幫你。」

這貨雖然奇葩，但作為商業世家的子弟，在許多方面都很敏感。既然已經在心裡把程覓雅歸位為自己的未來女票了，肯定要替自家媳婦解決煩惱的。

程覓雅沒來由的苦苦一笑：「你幫不了我的，沒有任何人幫得了我。你還是離我遠一點吧，否則，我會害了你。」

「害了我？」老二噗嗤一聲笑了，他，春城首富大公子，還有人能害得了他！

程覓雅的笑容，看得令人心痛。這個女孩肯定有故事，而且默默承受著某種極為驚悚可怕的巨大壓力和恐懼。

她微微對他擺了擺手，離開了。看著她霓虹燈下的瘦弱背影，走得是那麼的猶豫，那麼的痛苦，老二越發感到痛心，於是他掏出電話。

動用自己的人力，老二很快就將程覓雅查了個底朝天。令他意外的是，程覓雅明明是個簡簡單單的女生，沒有在學校裡受到欺負，家庭也沒有任何大變故，怎麼那晚表現出來的淒涼和痛苦感那麼強烈？

老二的人沒查出什麼，總之看了程覓雅的資料後，這傢伙更迷她了。她的一切，都是他的理想型。他乾脆賴在陰城，就在程覓雅家樓下買了房住下。

每天一大早，程覓雅一起床他就去噓寒問暖，給她一家人送早餐。

老二出現在她家門前，將她給嚇了一跳，堅決不收他的鮮花和禮物，老二也很堅持，用他畸形的執著，堅持要送給她。

聽到這，夜諾已經無力吐槽了，老二對感情的理解病入膏肓，真的沒辦法搶救。但堅持還是有用的，程覓雅不知道在害怕什麼，在老二堅持了半小時後，最終還是無奈的收下了。一天，兩天，三天……

每一天老二都像是在小朋友過家家，追求方式聽得夜諾都覺得噁心。

每次打開家門看到老二的身影，程覓雅彷彿想要說什麼但每每都欲言又止。她的臉色一天比一天白，一天比一天害怕。

那種害怕，神經大條的老二根本沒注意。不，哪怕他注意了，估計也不在意，畢竟他不覺得有啥事情，是錢不能解決的，如果不能，那必定是給的錢還不夠。

終於，第五天時，程覓雅似乎被感動了。那天早晨，她本來還是面無表情，想要將老二趕走。

可趕他走的手剛伸出一半時，不知道為什麼，卻垂下來。

「你，你要進來，坐一下嗎？」程覓雅輕輕說，聲音裡滿是不樂意，她甚至用大大的眼睛示意，讓老二拒絕。

老二怎麼可能拒絕這種天大的喜訊，他視這份邀請是感情更進一步的徵兆，樂呵呵走進去，一點都不猶豫。

走進去的一瞬間，老二分明聽到程覓雅在自己的耳邊，悄悄說了兩個字。

——快逃。

事情講到這裡，宿舍中，老二突然皺皺眉頭，沒再繼續下去。

聽得正津津有味的老大和老四連忙推他：「正高潮咧，繼續講啊，還沒講你怎麼追到女票，然後又被她甩了的慘烈後續。」

老二揉揉腦門，苦笑：「後邊的事，我不怎麼記得了。」

「怎麼可能！」兩人撇嘴。

「真的，我確實想不太起來了。」

「老三，你怎麼看？」老大老四轉頭看向摸著下巴，不知思索著什麼的夜諾。

夜諾想了想，道：「老二想不起來，應該是真的。他應該就是那一天被詛咒了，詛咒會引起記憶混亂。」

「怎麼這樣！」兩個狼人非常失望。

夜諾拍拍老二的肩膀：「待會兒把程覓雅的資料通通給我，我覺得她家恐怕有問題。」

「可以不給嗎？」老二不情願的說。

夜諾又是一把拍過去，像在他的肩膀上抓到什麼似的，淡淡道：「如果你不想死的話。」

「知道了，知道了。你二哥有難，我不信你小子還不幫忙。咱可是睡一張床的兄弟。」老二厚著臉皮道。

他真的很害怕。剛剛能明顯感覺到，被夜諾一拍後，本來越來越沉重的肩膀，突然就通泰了，這證明，自己的詛咒，根本就沒有被袪除。

「對了，明天跟我去一趟陰城，全程你買單。」夜諾又道。

「必須的，我也想回去啊。」想到又能看到程覓雅了，老二頓時精神一振。

夜諾這邊拿了程覓雅的資料後，默默開始看，沒看多久，就皺起眉頭。

或許普通人沒看出，但在夜諾對於暗物質怪物的龐大知識體系檢視下很快便原形畢露了。

這程覓雅確實沒問題，但她家，是真的有問題。

—06— 局勢

當天晚上，夜諾和老二就到了陰城，住進當地一家叫做金碧闌珊的五星級酒店，這家酒店離程覓雅的家很近，幾乎從陽台上就能看到。

夜諾從酒店冰箱裡拿出一罐啤酒，慢悠悠的依靠著陽台，朝遠處望。陰城的夜很普通，夜景也很普通，和華夏許許多多的城市沒有什麼不同，但不知為何，夜諾卻總覺得冷。

冷意從城市裡的每條縫隙裡小心翼翼地鑽出，一點一滴均勻地傾灑於這寂寥靜默的鋼鐵都市中。

當他看向程覓雅家的時候，猛地打了個冷擺子。

夜諾想了想，將那副隱形眼鏡模樣的遺物「看破」戴上。一瞬間，世界就變了個模樣。許許多多的資料出現在眼前，那是他視線可及的範圍內，人類活動的資料，城市居民家、車道上的車，都唰唰唰流動出資料。

大量的無用資料湧入腦海，夜諾有些懵，之後就駭然了。奶奶的，沒想到這破遺物居然需要自己體內的暗能量維持，不過一秒時間就把他身體中少得可憐的暗能量全部耗盡，一股腎虛感讓夜諾險些跌倒在地。

「臥槽，差點翹辮子。」夜諾連忙把看破摘下來，用力抓住欄杆穩住身體，大口大口的喘氣。

緩緩坐下來，盤腿修煉了幾圈暗物質修煉術後，他才稍微好受些。

夜諾猶豫一下，再次將看破戴上。這一次他學聰明了，只是將視線範圍控制在程覓雅的家附近。

程覓雅的家，並沒有異樣，普普通通的家而已，屋裡亮著燈，但由於太遠了，夜諾看不真切。

夜諾皺皺眉頭，這個家果然有問題。

因為看破竟然什麼都沒有看出來，這很不正常。

夜諾將視線落在程覓雅的鄰居家，他的眼中立刻就浮現出一串數據：屋裡有三人，每個人的暗能量值為一。

普通人身體裡多多少少都有暗能量，只是量極少，品質也極差。看破能將暗能量值資料化，預設的普通人類實力，錨定就是一。

再將視線落回程覓雅家，看破仍舊什麼資料也沒有讀出來，明明她家屋裡有人在活動，可看破的功能卻失效了。

這只證明一件事，程覓雅家裡有什麼東西，將看破這件遺物的功能干擾遮罩了，無論程覓雅家裡躲藏著啥，都不好搞啊。

那東西絕不簡單！

夜諾沉吟一下，敲響隔壁老二的客房門。

「來了。」老二應門很快，一臉猥褻的將門打開後，看到夜諾愣了愣：「老三，你大晚上不睡覺找我幹嘛？」

「我進來找你借望遠鏡。」

「開啥玩笑，我住酒店帶望遠鏡幹嘛。」老二一臉正氣。

夜諾瞥了他一眼，對著陽台努努嘴：「你陽台上的天文望遠鏡都還沒收，就睜著眼睛說瞎話了。」

老二尬笑：「我真不知道那裡有望遠鏡啥的，肯定是上個房客留下的。奶奶的，這家五星級酒店的服務也不怎麼樣嘛。」

「滾滾滾，你這傢伙的德行我還不清楚，在我面前裝什麼裝。」夜諾推開他，徑直走到望遠鏡前。

看一眼，讚道：「這望遠鏡品質不錯，應該不便宜吧？」

這天文望遠鏡口徑不算大，但是內部結構非常複雜，而且通體純金打造，一看就價值不菲。

聽到這句話，老二就立刻得意起來：「那可不是。上百萬一架咧，據說還是什麼限量版。」

「看對面的程覓雅清楚嗎？」

「賊清楚，眼睫毛都看得到。哇哈哈哈，呃！」老二發覺說溜了嘴，鬱悶的趕忙補救：「這真不是我帶來的，我特麼純粹就是見多識廣，一眼就看出這架望遠鏡的底細了。」

「滾ㄚ子。既然不是你的，那我就笑納了。」夜諾見老二為了面子死不承認，一把抓住望遠鏡就準備帶走：「這限量的東西就算熔成金塊，也很值錢，正好我缺錢。」

「別啊。」老二頓時慘嚎：「這可是我爸的收藏品，要是他知道我把他的寶貝給偷出來，不收拾死我才怪，我們家教真的特別嚴。」

「家教嚴到在酒店變身偷窺狂，我看你的家教也沒什麼了不起嘛。」夜諾敲了敲老二的腦袋：「說說，你偷窺人家程覓雅幾天了？有沒有什麼發現？」

老二撓了撓頭，苦笑：「你怎麼就那麼肯定我在偷窺。」

「因為你德行爛，性格還扭曲啊。」

「好嘛，老子偷窺我媳婦又怎麼樣嘛。行不更名坐不改姓，我就愛偷窺我媳婦，咋滴。」老二又道：「但是，我媳婦家，真的太古怪了。雖然我進了程家後的事情，都記不起了。可迷迷糊糊出門時，程覓雅曾經跟我說過一句話。她讓我絕對再也不要進她家，就算是她請我進去，也不要再進去，這一次我能活著出來，已經算是非常僥倖了。」他猶豫一下，繼續說：「其實從她家出來後，我過得渾渾噩噩的，直到你拍了我一巴掌，我才徹底清醒過來。之後我才發現，說不定我媳婦在我進入她家後，拚了命想救我。那個家裡，確實有什麼危險的東西。可最終救我出來的，說不定，是這個玩意兒！」

老二將手伸入領口，掏出一塊黑乎乎的東西，夜諾定睛一看，是一塊玉佩。原本應該翠綠純粹的玉佩，現在已經漆黑無比，散發著驚人的不祥氣息。

夜諾一把將玉佩放到手心中感受了一陣子，毫無疑問，這塊玉佩中曾經蘊藏著某種暗能量，這些暗能量，更像是季筱彤等人使用的除穢師手法，將能量附著在玉佩之上，抵禦穢氣。

不過玉佩已經被穢氣損壞了，看不出來原本的能量值，也無法在老二從程覓雅家出去後繼續保護他。

「不錯，確實是它救了你。」夜諾點點頭。

得到夜諾的確認，老二歎了口氣：「這塊玉佩可是我們李家的傳家寶，這次把它弄爛了，我爸我媽不混合雙打我才怪。」

「這玩意兒本來就是一次性的東西，你要想要，給我原材料，有多少我就給你弄多少出來。」夜諾撇撇嘴，滿不在乎。

對他而言，除穢師的手法太原始了。這類除穢器結構非常簡單粗暴，純粹就是將暗能量灌入玉石器具中罷了，他只要肯花費點氣力，想做多少就能做多少。

「真的！」老二大喜：「老子以前就覺得老三你很牛逼了，現在更嚇人，簡直是牛逼的立方，你不會是最近去跟什麼世外高人學法術了吧？」

「這世間哪有啥法術。」夜諾切了一聲，架起望遠鏡，朝程覓雅家偷窺，呃，不對，應該是觀察過去。

且不說夜諾到底看到什麼，暗地裡，風雲早已悸動。

季家層層山門關閉，無數季家兒郎在高門大院中巡邏，修復除穢陣法，想要在最短的時間裡做好萬全準備。畢竟大半個季家都被穢物毀了，又因為大小姐成功施展了神術，誰知道今後季家還會受到怎樣的負面衝擊。

一棟守衛森嚴的屋子前，有個白衣中年男子正在門口焦急的踱來踱去。終於幾個穿著白大褂的醫生走出來，中年男子連忙迎了上去：「季長，季短，筱彤醒過來沒有？」

季長季短兩人互相對視一眼，點頭道：「還沒醒過來，但是呼吸已經平穩，已經過了危險期。」

聽完這句話，中年男子長長舒了口氣：「太好了。」

兩位醫生又道：「但是大小姐施展的神術威力太大，傷了她的五臟六腑，沒長時間休養，估計起不了床。」

「只要性命無憂就好，傷嘛，慢慢養。」中年男子想要進去看看自己的寶貝女兒一眼，走到門口又停住腳步，猶豫一下終究沒有走進去。

「算了，我明天再進去看她，別打擾她休息了，你們換上衣服，半個小時後去祠堂開會。」

「好的，老爺。」

季長季短聽命後，連忙離開了。

季家老爺就這麼站在門口，看著受傷的女兒的閨房，看了很長很長的一段時間，這才轉身朝祠堂走去。

最近一段時間發生的事情，疑點實在是太多了。那個可怕的黑衣人，謀劃了那麼久，為的就是想要得到季家的冰心，但是冰心是神賜予的，除了進入季家人的輪迴，成為季家每一任的守護者外，其餘人都無法使用。

畢竟這冰心，根據季家的研究，極有可能是依附在季家人某一段 DNA 上的，離開了這段 DNA，冰心就會不復存在。

那黑衣人究竟想要搶走冰心幹嘛？這傢伙可是能夠召喚出準虎級的穢物的人物，要不是僥倖，不要說滅了季家，就算是跟組織相拚盡，也得活活耗掉組織大半條命。

而他只是用來搶冰心而已，難道季家的冰心，真的那麼珍貴？

怎麼想，季老爺也沒想通。

半個小時後，季家的所有骨幹力量，都集中到季家祠堂下方的秘密會議室中。

「那黑衣人的身分查出來了沒有？」季老爺問。

「老爺，查到了。」下位右側第一個人開口回答。這個人渾身都籠罩著一層黑色的霧氣，沒人看得真切。季家人大多數甚至沒有誰自始至終看到過他的真面目，甚至也不清楚他的來歷，只知道他叫季三，是季老爺的心腹，主管情報部門。看過他臉的人，怕是只有季老爺而已。

「那人到底是誰？」季老爺問。

季三在平板上一劃，投影儀上立刻出現那個攻擊季家，召喚出準虎級穢物的黑影人的資料：「這個人本名叫奈陽，組織中一個普通的D級除穢師。」

黑影人在準虎級的穢物死掉後，拚死想要逃出去，但是他本身實力很弱，雖然會使用許多刁鑽古怪的法術，可仍被趕回來的季家主逮個正著。這傢伙也是個狠人，眼看逃不掉，乾脆一巴掌拍在腦門上，自斃了。

「這怎麼可能。」聽完這句話，眾人一陣愕然。

季老二喝道：「季三，你的調查肯定有問題，如果他真的只是一個普通的D級除穢師，怎麼可能驅使如此多狗級的噩夢怪？更不要說他還帶來了三隻蛇六的穢物，又召喚了準虎級穢物。哼，不要說一個D級除穢師，就連頂級除穢師，怕是也不可能做到。」

季三面無表情：「二老爺，他確確實實只是個D級除穢師。我手下解剖了他不下十次，切碎了他的屍體，把他每一寸的肢體都化驗過，他體內細胞中的除穢力，只有D級罷了。」

眾人一陣沉默，顯然是不願相信差點滅掉季家的幕後黑手，僅僅只是個D級除穢師。

季老爺指敲著桌面，盯向季三：「你的結論是？」

「奈陽，有可能被附身了。」

聽到這句話，眾人倒吸一口涼氣。

「附身？你的意思是，這個普普通通的除穢師被人用秘法奪了心智，佔了肉體。所以才表現得那麼違和？因為攻擊我們季家的，根本就不是他本人，幕後主使另有他人？」季老爺說。

季三點頭：「老爺英明，確實如此。奈陽渾身上下只籠罩著一塊黑斗篷，裡邊沒有穿任何衣物，也沒有任何能夠辨識身分的物件。我調查了很久，最終處處都是死路，線索指向到奈陽這個人後，就徹底斷了。」

「幕後黑手比我們想像的更可怕，更陰險。我們在明處，他們在暗處，我們季家很被動。」

季老二揉著腦袋：「季三，你說話也不長腦子。這世上真的有可以附身在活人身上的穢術？這怎麼可能。」

季老爺臉色陰晴不定，揮揮手，打斷道：「好，這個話題就此打住，不要再討論下去了。無論那個混帳東西是不是能附身在活人上，我們都寧願信其有，不可信其無。季三，你負責篩查所有季家子弟，看那個傢伙在奈陽死後，有沒有附身到其他人身上。說不定，那人真的有附身的能力，甚至至今還潛伏在我們季家中。」

「季三領命。」季三點頭。就算是老爺不說，他也會這麼建議，畢竟那個神秘人太詭異了，死掉的奈陽肯定不是幕後黑手。誰知道用了那麼長時間，謀劃了這個大陰謀的傢伙，還有什麼更加可怕的手段要來奪取冰心，毀掉季家。

「加緊排查力度，現在咱們季家元氣大傷，剩下的十一家估計已經開始蠢蠢欲動，咱們的時間不多了。」季老爺歎了口氣：「現在來討論第二個問題——季丫頭怎麼突然能施展神術了？」

不錯，這個問題，確確實實的困擾著季家的每一個人。雖然欣喜於季筱彤能夠施展百年來都無人能成功施展的神術，這在其餘的時間，都是值得擺酒慶祝的。但現在，這個問題就是把雙刃劍，而且是一把更容易割傷主人的雙刃劍。

現在季筱彤昏迷不醒，迫切想知道答案的季家人，只能從蛛絲馬跡中推測，而且越快得到結論越好。

時間，非常緊迫。

無論是組織還是神廟，都想知道答案。相信現在其他十一位聖女，恐怕正瘋了似的，不斷地和神溝通。

既然季筱彤能夠成功打開與神大人的溝通之門，那麼別的聖女應該也行。最重要的是，季筱彤的成功，代表著已經一百多年沒有音訊的神已經回歸。

這平靜了一百多年的世界，要變天了！

「季三，說說你調查到的事情。」季老爺說。

季三同樣打開一個PPT，聲音卻微微有點發抖，不知道在激動，還是在惶恐：「我的手下在十幾天前，蹲守在另外十一個聖女家族附近，在小姐成功施展神術後，其餘十一個家族在第一時間就將準聖女們紛紛召回了。所有家族大門緊閉，準聖女們閉門不出。」

「我的探子沒辦法進入那些家族，也打探不到任何消息。」

季老爺眼中猛地金光一閃：「沒有任何消息，十一家都一樣？」

「是的，老爺。」

「這怎麼可能！」季老爺渾身一抖，臉色頓時煞白。

季老二不明白了：「大哥，你在怕什麼？其餘十一家沒動靜不是好消息嗎？」

「你知道個屁。他們十一家沒消息，就是最壞的消息。只證明我家丫頭成功施展神術後，另外的聖女依然無法和神溝通。」季老爺喝道：「這可不是好事。」

「咋就不是好事了。」季老二興奮道：「這說明只有我們季家，我們的聖女，我的寶貝侄女能施展神術，是世上的獨一份，簡直就是天大的好事啊。」

「老二，你簡直不長腦子。我們季家現在元氣大傷，但偏偏只有我丫頭能施展神術。你猜組織會怎麼想？神廟會怎麼想？別的十一家會怎麼想？」季老爺氣得臉色鐵青：「別的人肯定會認為我們季家隱藏了跟神溝通的獨特方法，一定會逼著我們交出來。我們如果交不出，他們必然會讓我們交出丫頭，到時候丫頭會被他們怎麼樣？你在組織裡待多久了，還會不知道？」

這番話，讓眾人都打了幾個冷噤。

不錯，世上雪中送炭的少，但多的是槍打出頭鳥的。如果世上現在只有季筱彤能施展神術，那麼她就是出頭鳥，他們季家就是出頭鳥。組織和另外十一家暫且不說，獨獨神廟那幫傢伙，可是一群瘋子。

他們一定會來搶走季筱彤，用盡手段讓她說出到底是如何與神溝通的，甚至會將她切碎碾碎，將季筱彤折騰得生不如死。

神失蹤了一百多年，神廟的那群瘋子，早就成精神不正常的偏執狂了，只要有一點點和神有關的線索，他們都會無所不用其極。

別指望可以和瘋子們交流。

季老爺感覺頭很大：「叫人傳魯高義上來。丫頭突然能施展神術，肯定和她最近一段時間的經歷有關。」

最了解女兒的，莫過於老子，但季老爺想來想去，也沒想出個所以然。自己女兒以前也正正常常的，和別的準聖女一樣，低級神術通過吟唱確實能夠施展，但是威力非常小，而高級神術，通常是要溝通神，得到神允許的。

例如半個月前季筱彤施展的神術，六殺。就屬於高級神術的入門，神術的可怕，就在於它的不講道理，只要神允許，聖女甚至能夠毫不困難的滅世。

一個高級神術中最低級的六殺罷了，就不費吹灰之力殺掉了幾乎能毀掉半個組織的準虎級穢物，便是證明。

至於魯高義，就是打小就經常跟在季筱彤身旁的光頭老大。這傢伙聽到季家家主的召見，特意把腦袋打理得又油又反光，開開心心的去了祠堂下的會議室。

「魯高義，你把最近小姐的行程，事無鉅細，全部說一遍。」季老爺吩咐道。

魯高義一愣，連忙回憶一番，將小姐怎麼接受組織的試煉任務去了河城，怎麼遇到蛇級穢物，最後完成任務的情況，通通都講出來。其實早在十多天前，他就已經被情報部門盤問過無數次了。

大小姐的行程，聽起來都很正常，可季三立刻就抓住了重點。

「魯高義，大小姐雖然實力不錯，是A級除穢師，但河城顯然就是一個陷阱，她中了火源的毒，實力受損，怎麼可能打得贏那麼強的穢物？」季三問。

魯高義哦了一聲，悶聲悶氣的道：「這個我也不清楚，當時我受一個小兄弟的委託，跑到水潭邊上挖屍體。」

「小兄弟？」季三皺皺眉頭：「什麼小兄弟？」

「那個小兄弟很有意思，雖然實力低微，但是頭腦很好。」魯高義揉揉腦袋：「他好像姓夜，叫做夜諾。」

「夜諾？」季三和季老爺對視一眼，雙方眼中都射出一絲精芒。自家的女兒，自家清楚得很，季筱彤從小就是冰雪性格，喜歡獨來獨往，哪怕是執行任務也都是獨自一人。

她什麼時候能接受和別人摻合了？更不用說，那還是個男性。

「魯高義，之前你怎麼沒說有這麼一個人？」季老爺不悅的喝道。

光頭老大沉默一下：「是小姐不許我說的，不過我想來想去，還是覺得應該說出來。」

「小姐不許！」季老爺愕然，腦袋甚至有一瞬間的恍惚。自家女兒顯然是在保護那個叫做夜諾的男子。

這特麼簡直不科學啊，怎麼想都想不通，她才去河城多久時間，怎麼會想要保護一個剛接觸沒幾天的男性？

難道女兒真的長大了動了凡心，喜歡上那個夜諾？

想到這兒，季老爺和一旁的季夫人都同時歎了口氣，內心湧上一股傷心。作為冰聖女，凡是觸摸到女兒的所有生物都會化為冰雪塵埃，這是宿命，冰聖女沒有感情，也不可能擁有感情。

女兒註定要和季家歷代冰聖女一樣，孤獨終老，無法擁有另一半。

「老爺，我希望您能派人，將夜諾小兄弟保護起來。」光頭老大又是一陣沉默，憋了很久，才說出這一句大逆不道的話。

果然，季老二眼睛一翻：「混帳東西，你知道你在說什麼嗎？我們季家現在自保都難，為什麼要保護一個外人。」

「因為、因為……」光頭老大心一橫，大聲道：「很有可能，夜諾小兄弟，會成咱們季家的姑爺。」

此話一出，眾人先是一愣，之後全都哄堂大笑。

「魯高義，我看你是真的瘋了，歷代冰聖女有哪個能結婚的？不要說大小姐是準聖女，不能結婚。就算能結婚，又有哪個男子能夠接受一生都無法接觸自己的另一半，而且一碰就死，一輩子都只能柏拉圖愛情。」

光頭老大憋紅了臉。

一直沒開口的季夫人輕聲說：「筱彤如果真喜歡那個叫夜諾的小夥子，那讓他進入季家，哪怕是讓筱彤看看他解悶也好，就是怕筱彤越看越傷心，明明喜歡一個人，明明近在咫尺，卻咫尺天涯。」

她不知想到什麼，只是幽幽的歎息著。

季老爺拍拍夫人的肩膀：「等季家過了這次危機，我就派人去將那個夜諾接過來，筱彤可不是那種會隨隨便便喜歡上一個人的性格。」

光頭老大倒是急了：「我覺得這件事還是盡快的好。」

「胡鬧，你也不想想，現在咱們季家是什麼情況。」季老二吹鬍子瞪眼，叱喝他。

「可是，大小姐是單相思啊，而且夜諾小兄弟還摸過大小姐的腦袋。」光頭老大道。

「他摸了筱彤的腦袋——哎，可惜了。」季老爺端起一杯茶水，湊到嘴邊：「丫頭肯定傷心慘了，雖然是無意的，可那個夜諾已經死了吧。魯高義，你真是胡鬧，為什麼不先說？你讓我們接一個死人回季家是幾個意思？」

「老爺，那小兄弟他可沒死。」

「撥一筆錢，送給那個夜諾的家人，當作安葬費……呃，沒，沒死？」季老爺愣了愣，一直愣，愣了很久，腦袋始終轉不過圈，想不明白「摸了女兒的夜諾竟然沒死」到底是什麼意思。

最後，他懂了。

拿茶水的右手，一把將茶水杯捏個粉碎，也毫無察覺，任由褐色的茶水，滿手流著。一旁的季夫人豁地閃身，閃到魯高義跟前，將他一把抓住。

「魯高義，你說那個人沒死？！」季夫人的聲音抖得厲害。

「是的，夫人。夜諾小兄弟活得好好的，而且他摸大小姐腦袋的時候，大小姐一丁點都沒有躲，更沒有抗拒，好像完全適應了和小兄弟的接觸，被小兄弟摸，怕是已經不是一次兩次了。」

這番話歧義嚴重，如果是普通女孩的父母聽到，不氣死才怪，但是季老爺和季夫人顯然不是普通人，季筱彤也不在普通家庭。

兩個人渾身都激動地在打擺子，季老爺甚至哈哈大笑起來，渾厚的笑聲不斷迴盪震顫，充斥滿會議室。

不只是他們，整個季家會議室中的所有人，都狂喜無比。

「大小姐、世上竟然真的有能摸到大小姐，還死不了的狠人！太好了。真的太好了。」

「大小姐不用孤獨一輩子了，咱們季家的冰女也能有伴侶了！」

「大小姐，大小姐——真好，大小姐，哇！」

有人激動，有人嚎啕大哭。整個會議室混亂無比，如果這幅場面別人看到，還以為是一群瘋子在蹦迪。

魯高義雖然做事很魯莽，但是對季家忠心耿耿，他的話毋庸置疑。

季老爺冷靜下來，立刻下令道：「季三，馬上派人，去將夜諾小兄弟，不，呸呸，是將我女婿保護好，不能讓人傷害他。」

「是！季三就算沒了這條命，誓不讓姑爺受一丁點委屈。」季三也很激動。季筱彤是自己看著長大的，大小姐能打破季家冰聖女的詛咒，能夠尋到良人廝守一生，這怎麼讓他不興奮。

季夫人一步一步走回座位，每一步都沉重無比：「不。太冒險了，咱家姑爺聽魯高義說，實力很低微，讓他一個人在外，實在是太冒險了，如果他有個三長兩短，我女兒莫不是又要孤獨終老？季三，你去將姑爺請回季家，好生伺候起來。」

「如果姑爺不願意的話……」季三問。

「呵呵，我們季家從來都是文明家庭，以理服人，如果他不來，呵呵呵，那就打暈了他，搶回來。」愛女心切的季夫人說道。

好嘛，夜諾打死也不知道，在自己不知道的角落，已經被一群人強行訂婚了。

就在這時，一個下人跌跌撞撞的衝進來：「老爺，大小姐的師傅，突然駕臨大門前，說是要看望大小姐。」

會議室中，一眾還在興奮無比的人愣了——季筱彤的師傅，就是將季筱彤培養成冰聖女的人，教會她施展神術的人，這人隸屬於神廟。

沒想到神廟的人，來得這麼快。

還沒等季老爺將這個消息咀嚼一遍，又有一個下人衝進來：「老爺，組織派來使者登門拜訪，希望進入季家。」

季老爺和季夫人相互看一眼，苦笑連連。

奶奶的，組織的人也按捺不住，終於來了。

沒緩過神，再一個下人也衝進來：「老爺，準聖女十一家族一同臨門，想要進入季家拜見老爺和大小姐。」

十一家同時來了，看來他們家的聖女，果然無法和神溝通。

季老爺有些無奈，他不斷地在會議室踱步，之後一咬牙：「季三，去把小姐藏起來，兵來將擋水來土掩，我這把老骨頭，還撐得住。」

突然，又一個下人衝進來，給了所有人最後一擊：「報告家主，大小姐失蹤了。」

「怎麼可能！」季家主和季夫人險些暈過去。

季筱彤失蹤了？不應該啊，她不是因為施展神術受了傷還昏迷不醒嗎？怎麼會失蹤？

「趕緊找。」季家主一頭冷汗，憤怒無比：「到底是誰將我女兒綁架了，我要他死。」

季三冷靜的讓情報部門的人一個個的進來，盤問後說：「老爺，大小姐或許不是失蹤了，而是自己走了。」

在現在的季家，能神不知鬼不覺綁走大小姐的可能性幾乎沒有，可大小姐偏偏在這個當口失蹤了，只有一種可能，那就是她自己走的。

「走了，去哪兒？」季家主問。

「大小姐冰雪聰明，肯定知道現在咱們季家的麻煩和壓力。她離開，是現下最好的辦法。」季三微一沉吟：「至於大小姐的去向，或許……」

他朝著魯高義努努嘴。

季家主和季夫人頓時明白了。

或許對自己為什麼能施展神術，女兒也是略有些懵逼的，況且，她不是遇到一個喜歡的，而且還不會因為自己的能力而死的人嗎？

季筱彤怕是偷偷離開季家，去找夜諾了！

07 陰城詭事

有人說，時代的每一粒塵，落到個人身上，都是一座山，對於詭異的事情而言，同樣如此。

夜諾在老二的客房中，用望遠鏡偷窺程覓雅的家，已經晚上十點過了，可程覓雅家卻在吃晚飯，而且吃飯的狀況，非常詭異。

程覓雅住在對面社區的二十八樓，家裡一共有六口人。現在這六口人正整整齊齊的坐在餐桌前，由於直線距離只有一百多公尺，望遠鏡品質又非常好，夜諾看得很真切。

沒拉上窗簾的餐廳裡，程覓雅的父親坐在餐桌的右側，夜諾看過這一家子的資料，程覓雅的父親叫做程康，是一個私家偵探，最近也貌似在從事反偷拍獵人的服務。

但偵探賺不什麼錢，甚至他們住的房子，也是程康父親買下的。程康旁邊，坐著程覓雅的媽媽，媽媽很漂亮，雖然四十多歲了，仍舊風韻猶存。

程覓雅坐在媽媽旁邊，而她的爺爺奶奶和六歲多的弟弟，坐在另外一側。

夜諾看到吃飯的這種坐姿和格局，不由得皺皺眉頭：「老二，你覺不覺得他們坐在一起吃飯的方式很不對勁兒？」

老二撓撓頭：「我偷偷看了他們很久了，好像確實哪裡不對勁兒，可我就是說不出來。」

「華夏民族是禮儀之邦，凡事都講究一個『讓』字。」夜諾輕聲道：「意思是有客人來了，需要用客氣的語言，讓尊貴的客人坐在上位。可是，程覓雅家明明只有六個人，卻分別坐在左右兩旁的中位和下位上。沒事把上位空出來，餐桌又不大，大約一點二公尺長，八十公分寬。六個人擠在一起肯定很不舒服，但是他們家仍舊獨獨留出上位，這是幾個意思？」

老二聽了解釋，頓時啊一聲：「對，對對。我就說哪裡奇怪了。我媳婦家一直以來，餐桌的上位確實從來沒有人坐過。而且，他們家明明六個人，可是我偷偷看了他們家好幾天了，餐桌上，卻擺放著七個碗。」

他們對視一眼，同時在對方眼中看出疑惑。

在只有六個人的屋子裡，擺放七個碗，故意讓出上座，難不成意味著，這個家中，其實一直都有客人存在，而且那個客人，對整個家庭來說，都是很尊貴的存在。

不，尊貴的客人不會讓一個家庭陷入恐懼中。

吃飯的程覓雅家，沒有一個人開口說話。空氣裡瀰漫著一股恐怖感，那股詭異的氣息，哪怕是隔了一百多公尺，也迎面傳遞到偷窺的夜諾和老二身上。

老二不知從哪裡又摸出一架望遠鏡，兩人一人一個看了幾分鐘，越看越覺得毛骨悚然。

因為程覓雅家中的媽媽和弟弟，以及爺爺奶奶，都似乎不時在和主位上那空蕩蕩的空氣說話，甚至還不時夾菜到那個空碗中，就猶如有一個看不見的人，正坐在位置上。

夜諾和老二感到很怪，坐在主位一旁的程覓雅臉色僵硬，就連吃飯的表情也極為不自然，那種痛苦感，看得老二非常心痛。

「媽的，我受不了了。我女人竟然吃個飯都那麼痛苦，她的家庭肯定有問題，我要去把我媳婦救出來。」老二想要跑出門。

夜諾一把揪住了他：「你想去送死啊？」

「我怎麼就去送死了？」

「你上一次踏入程覓雅的家，能活著回來純屬僥倖。再進去，不一定還有命回來。我們先弄清楚她家裡到底有什麼。」夜諾皺皺眉頭，之後安安靜靜的繼續窺視。

老二作為富二代，實在是咬牙切齒，按理說一個富二代，很少會遇到錢不能解決的問題，如果不能解決，那就是錢沒撒夠。

可現在，他真的是有點一籌莫展了。要不，找人去請一些這方面的專家來？

突然，正看得起勁的夜諾，從腳底冒起一股寒意。望遠鏡對面，程覓雅一家六口人，同時停下了吃飯的動作。

他們同時轉頭，朝窗外望，所有人的視線，都集中在夜諾酒店的方向。

夜諾愣了愣，被發現了？可這很沒有道理啊，隔了這麼遠，他和老二又沒有開燈。周圍都是黑漆漆一片，正常人絕對不可能發現他們，程覓雅的家人，究竟是怎麼發現自己的？

夜諾完全沒有身為偷窺者的自覺，既然被發現了，乾脆就大大咧咧大大方方的繼續窺視起來。

程覓雅家的六個家人，各有各的表情，雖然在看同一處，可程覓雅以及她的父親程康，神情詫異。

這兩個人很正常，其他人，就不一定了。

「你妹的，小心！」就在這時，夜諾鬼叫一聲，拽著李家明就朝地上撲過去。

「老三，你幹啥？」李家明抱怨道。

說時遲那時快，酒店陽台上的兩架望遠鏡猛然間同時爆掉了，無數零件碎塊紛紛揚揚炸開，劈哩啪啦落了一地。

李家明捂著腦袋，抬頭，又是一愣。

不知何時，房間內的燈光也突然熄滅，兩人陷入了伸手不見五指的黑暗裡！

「尷尬，居然停電了。」李家明揉揉腦袋，很無語。

這家酒店好歹也是五星級，沒想到最貴的房間都這麼糟糕，連備用電源也沒有，居然就這麼停電了，客戶體驗絕對是零分！

「手機手機！」周圍完全沒有任何亮光，他摸索著想要找到陽台的門，進臥室去拿手機，李家明想得很簡單，只要找到手機就能有光了。

夜諾重新站起來後，就一動不動。他掃視了周圍幾眼後，緊皺的眉頭絲毫沒有舒展：「老二，回來。」

「老三，我要進去找手機啊。不然怎麼弄，什麼都看不到。」李家明繼續往裡邊走。

「停。」夜諾厲喝一聲：「停，千萬不要動。」

「怎麼了？」李家明有些懵。

「你現在還以為這只是單純停電？」他說。

李家明懵逼的點點頭：「難道不是。」

「當然不是。」夜諾朝他的方向摸過去：「站著不要動，等我過來。」

李家明被夜諾話裡的凝重嚇到，真的一動也不敢動，夜諾一步一步，走得非常緩慢，不過幾公尺遠的距離，竟然足足走了五分鐘。

「老三，你走得太慢了。」李家明嘟囔，渾然不知，夜諾每一步都走得如臨大敵，一頭大汗。

終於，他一把抓住李家明的肩膀，深深吸了幾口氣。

「老三，你似乎很累。」李家明咂舌。

「老子不光是累，簡直是要累死了。老二，你神經大條也要有個限度。你看看附近，是不是很黑，黑得什麼都看不到？」夜諾苦笑。

「對啊……」說到這，李家明也察覺到不對勁兒起來。

明明是晚上，他們又在陽台上，這家酒店位於鬧市，也算繁華，雖說停電了，也不可能這麼黑。

對啊，特麼怎麼可能會這麼黑！

這很不科學啊。

街道上的霓虹沒了還能說是停電，可路上行走的車剛剛還川流不息，突然陷入停電後難道不會開車燈嗎？何況現在中檔車都配了自動行車燈，車外一旦光線不足，車燈就會自動打開。

所以，眼前城市的黑暗，並不只是停電那麼簡單嗎？

一股陰冷，涼了李家明全身。

「老三，這是怎麼回事？整座城市都停電了？」李家明用顫抖的聲音問。

「你覺得可能嗎？」夜諾反問。

李家明呆呆的搖頭：「不，不可能。」

夜諾淡淡道：「聽說過一個很科學的現象嗎？」

「什麼想像？」

「鬼蒙眼！」

李家明一頭黑線，特麼，這個很科學的想像，哪裡科學了？

「城市沒有停電，說不定咱們的房間也沒有停電，周圍都亮著。」夜諾解釋道：「不過你媳婦家裡那邪惡的存在，對我們施展了詛咒。」

「詛咒！」李家明脖子一縮。

「對，就是詛咒，這種詛咒攻擊了我們的神經系統，讓我們暫時性失明了。」

夜諾說。

「那你還不快把詛咒解開，就像今天一樣，啪一下拍在我肩膀上就好了嘛。」

夜諾道：「哪有那麼簡單。我已經試過了，老子剛剛為了走過來救你，能量暫時用完了，沒恢復之前都解不開。」

李家明無語了：「老三，你特麼就只是走過來而已，怎麼就沒力氣了！」

「你不知道剛剛有多凶險。」夜諾搖搖腦袋。

就在兩架望遠鏡同時爆炸的瞬間，一股陰森的寒意突然從程覓雅的家竄過來。夜諾看得真切，那股力量鋪天蓋地，很快就遮住了兩人。

那是穢氣，極為可怕的穢氣。

一剎那的工夫，看破顯示了一串數值，那些連綿的穢氣，大約是九百多。天可憐見，夜諾得到看破的時候，還特意研究過自己身體中的暗能量有多少，對著鏡子，透過看破，自己的身上能量值滿值的時候，大概也才三十左右。

他的實力真是渣得夠嗆，但這也無可厚非，夜諾本來就懶，沒勤於修煉。何況羅馬從來都不是一天修建而成，人家除穢師大多是從小就開始修煉，修煉到現在不知道多少年了。

不過夜諾有他的金手指，他體內的暗能量極為精純。所以就算是面對高達比他多了三十倍的穢氣，他也怡然不懼。靠近李家明時，他努力的將精純的暗能量化為一把利刃，生生將穢氣切割開。

最後用盡最後一絲力量，一巴掌拍在李家明的身上，將縈繞著他的穢氣拍掉，再次救了他一命。

「老三，我們現在怎麼辦？」李家明目不可視，渾身不自在。

「還能怎麼辦，先想辦法打破詛咒。」現在可不是盤腿坐下來修煉，補充暗能量的好時機，這兒並不安全。

夜諾拽著李家明：「先回房間。」

「回房間幹嘛啊？」

「待在陽台上也不是個事。剛剛我拍散你身上的詛咒時，那些穢氣全都逃掉了，剩下的九百多點穢氣一直躲著我，不知道現在的詛咒，變成什麼模樣。總之，我覺得不可能只是單純的鬼遮眼那麼簡單，恐怕接下來，還有更可怕的事。」

李家明嚇得渾身一抖：「老三，咱們會不會死在這兒？」

「有我在，暫時不會。」夜諾哼了一聲，手鏈在空中一劃，翠綠的顏色頓時飄飛出兩朵翠花，開放在他和李家明的眼睛上。

李家明哎呀叫了一聲，驚喜道：「我看得到了。咦……」

他確實能看得到，但是看不遠，只能看到一公尺遠位置的景物，超過一公尺又是一臉抓瞎。整個人就是深度近視眼的憋屈感。

「走。珠子撐不了多久。」夜諾示意李家明跟著自己往前行。

豪華酒店總統套房的缺點，在這一刻就展露無疑。套房實在是太大了，從陽台走進主臥室，在現有的視線侷限下非常難走，而且鬼遮眼的詛咒，正在不斷地消耗著珠子的能量。

夜諾帶著李家明走得很快，老二一眼看到近在咫尺的手機，連忙想要抓起來。

「別拿！」夜諾厲喝一聲，連忙阻止李家明。

說時遲那時快，李家明的指尖剛好碰到手機。突然，手機的螢幕陡然自己亮了，一雙白森森的骷髏爪子，竟然從螢幕中探出來。帶著一股陰森森的恐怖大笑，那雙爪子一把抓住了李家明的手腕，之後拚命的將他朝手機中拉。

「救命啊。」老二大駭。

「滾開。」夜諾手一劃，翠玉珠中的能量噴湧而出，將李家明罩住，翠綠能量割破了手機裡的那隻慘白的手，手怪叫一聲，瞬間縮回去。

夜諾扯著李家明就往門口走：「走，先出去，這鬼地方都快變成地獄了。」

很顯然，程覓雅家裡的那個邪惡存在在兩人偷看時就已經發現他們。不過夜諾不明白，李家明在這家酒店偷窺程覓雅不知道多久了都沒屁事，但是偏偏他來的這天就出事了。

難不成是自己的原因？畢竟，自己雖然實力低微，但好歹也有暗能量，又或者是因使用遺物看破，所以打草驚蛇了？

果然給出長達一個月的任務，非常難搞啊。

夜諾拉著李家明不斷往前走，可是剛走幾步就駭然發現前路已經走無可走，無路可逃了。

這酒店套房活生生的變成人間地獄！

無數的蒼白的手，從牆壁、天花板、地板，從目視可及的一切平面探出來，瘋狂的想要將兩人拽住；一旦被抓，用膝蓋想都知道不會有好結果。

夜諾瞅一眼手上的翠玉珠，剛剛用空了四顆的能量，還剩兩顆。奶奶的，這次咋搞，任憑他再聰明，一時間也有些腦袋短路。

說時遲那時快，無數蒼白的手已經鋪天蓋地朝他們抓來，夜諾利用剩下兩顆玉珠形成結界，暫時苟延殘喘。他皺著眉頭，用看破分析這些手的漏洞。

每一隻蒼白的手，都是用穢氣組成的，並不是真的手，單隻的能量強度就達到三十之多，也就意味著，這每一隻手都和夜諾的本身實力相當。

這特麼還打什麼打。

翠綠的結界在無數慘白的手的擠壓下，彷彿脆弱的雞蛋，不知道什麼時候就會碎掉，就在這絕望的時刻，突然，夜諾的臉上猛然間流露出一絲喜色。

怪了，怪了，怎麼附近出現某種熟悉的能量波動，這波動，很有意思！

同一時間，就在夜諾和李家明住的金碧闌珊酒店不遠處的位置，夜晚裝扮了整個城市，霓虹給城市穿上一層耀眼的外衣。

在一家便利店門前，有個紮著兩根長長的馬尾辮，穿著黑色裙子的小蘿莉，在自動販賣機中買了一瓶可樂。她皺著眉頭，想要將瓶蓋擰開，可是試了幾次都沒有成功。

小蘿莉氣呼呼的，乾脆坐在便利店的長椅上發呆，看表情，似乎有什麼非常不開心的心事。

大晚上的，能出來閒逛的本來就是不良分子多。

沒多久這看似呆萌的小蘿莉就被幾個小癟三盯上，五個小混混互相對視一眼，一邊吹著口哨，一邊偷偷朝小蘿莉靠近。

「嘻嘻，小妹妹，你是不是迷路了？要不要哥哥們帶你去玩點好玩的？」其中一個小混混流著哈喇子問。

這小蘿莉身材極好，該凹的地方凹，該凸的地方耀眼豐滿，簡直是人間極品啊。

小蘿莉聽到搭訕，臉上突然露出一絲狡黠的壞笑，那絲壞笑很快就被她隱藏起來，她抬頭，露出一張天使般的臉。

那張臉潔白無瑕，看起來才十二歲左右，卻傾國傾城，兩根馬尾辮還一搖一搖的，看得五個痞子如同被雷電擊中，全都傻了。

他們完全沒想到，隨便一搭訕，就搭訕到個人間極品，如果把這女孩騙到自家大哥的窯子裡去，那簡直就發財了。

哦，不對不對，這麼極品的好貨色，當然是要先自己品嘗品嘗才對。

幾個痞子好不容易才在小蘿莉的絕世美色中恢復過來，笑得更和藹可親了：「小妹妹，哥哥們不是壞人。跟哥哥們走嘛，我們不會傷害你的。」

「哦，人家真的迷路了，媽媽說了迷路就要去警察局。大哥哥，你們會帶我去找員警叔叔嗎？」蘿莉的聲音也彷彿夜鶯般婉轉好聽。

聽得幾個痞子心裡癢癢的，連忙拍胸口：「當然，哥哥們肯定會帶你去找員警叔叔，呵呵呵。」

「那好，人家跟你們走。」小蘿莉點點頭，從椅子上跳下來，嘿咻嘿咻的喘了幾口氣，那偶然露出裙襬的一大截大白腿，看得他們更加心潮澎湃。

小蘿莉乖順的和五個痞子走進了附近的一條黑漆漆的小巷子，五個傢伙的嘴臉立馬迫不及待的就變了。

五個人散開，將小蘿莉給緊緊圍住。

小蘿莉疑惑的抬頭：「哥哥，你們怎麼不走了。不是要帶我去找員警叔叔嗎？」

其中一個痞子噗嗤一聲笑起來：「找員警，哈哈哈，這小蘿莉太搞笑了，肯定是個不知世事的大小姐。」

「既然遇到我們，算你命不好。乖乖的聽我們的話，免得受罪。」另一個痞子伸手就要來抓小蘿莉。

小蘿莉輕輕朝旁邊一躲，躲開了。

「你媽的，還敢給我躲。」那痞子惱羞成怒，一巴掌朝蘿莉揙過去。

蘿莉眼睛一瞪，那痞子的巴掌明明是朝左打的，沒想到莫名其妙的竟然打在右邊另一個痞子臉上。

那被打中的痞子摔在地上，捂著發腫的嘴，懵了：「娘的，你他媽打我幹嘛？」

「手誤，手誤。嘿嘿。」打人的痞子乾笑兩聲。

小蘿莉歎了口氣，萌萌的蘿莉音突然就變了，變得非常的御姐風：「草泥馬的，你特麼想打誰咧。太沒耐心了，本來還以為你們能多讓我玩幾下，結果你們咋就嗖嗖滴，還想跟我動手咋滴。」

這小蘿莉一張口就是東北大碴子喂，這性格轉換也太快了，快得所有人都沒搞清楚狀況，懵在那兒。

「哥，這蘿莉好像有點不對勁，她是不是精神分裂啊？」一個痞子問自己的哥。看起來在五人中還算有點威望的痞子一橫心：「管她是不是精神病，就算精神病也是個漂亮的極品精神病，逮回去再說。她一個女孩，還怕她不成。」

五人緊緊的將小蘿莉圍著，靠攏過去。

「滾犢子，老娘沒時間跟你們玩了。」小蘿莉本來還想好好玩弄下這些痞子，不知感覺到什麼，突然沒了興致。

她的手輕輕在幾人的臉上一揮，這幾人突然像是發了羊癲瘋般，互相攻擊起來，前幾秒鐘還是好兄弟，現在更像是殺了自己全家的死敵，拳拳到肉，不死不休。

幾分鐘的工夫，五個人已經倒了一地，有氣出沒氣入了。

「咋就這麼不經整咧，還學人家出來混。」小蘿莉捋了捋馬尾辮，撇撇嘴，明眸看向這漆黑小巷的天空。

被兩道牆切割成帶狀的天空並沒有什麼出奇的，但是小蘿莉顯然很困惑。

「不應該啊，老娘可是算過了，那冰聖女季筱彤之所以能夠使出神術，冥冥中的原因，就在這個城市才對，可怎麼線索到這兒後就斷了？」小蘿莉百思不得其解。

她在身上一掏，隨手掏出幾張古舊的骨牌，在地上扔了好幾次，骨牌上每一次的占卜結果，都是亂七八糟的，沒有一次相同。

小蘿莉頓時更加抓狂了：「這咋整，實在不應該啊，那冥冥的線索，咋就會斷掉？老娘的占卜從來就不會錯！煩死人了！」

她氣惱的用腳在附近小痞子的肚子上使勁兒的踢了好幾下，這才走出巷子，準備繼續找線索。

就在這時，毫無理由的不知什麼原因，靠近她的那一面牆壁，居然沒有徵兆的就塌掉了，無數磚塊朝大胸蘿莉壓過來！

08 倒楣透頂的運聖女

「哎媽呀，這不科學啊。」大胸蘿莉有點懵，這種低機率的事情自己怎麼可能遇得到？還好她身手敏捷，橫著跳幾步，終於躲開所有磚塊。

牆壁轟然倒塌，倒得橫七豎八，每一塊磚，都像是惡意想要她的命。小蘿莉皺眉，觀察了不短的一段時間，這才明白好好的牆壁究竟是怎麼倒塌的。

上空有一座塌掉的、似乎是塔吊上的水泥配重掉下來，剛好壓垮了這面牆，貌似純屬偶然而已。

蘿莉沒久留，幾步走出黑漆漆的小巷子。沒走幾步，就聽到一陣刺耳的汽車剎車聲，一臉紅色越野車橫衝直撞，筆直的朝自己撞擊過來。

她連忙往上一跳，敏捷的跳上附近的一棵樹，那輛越野車竟然撞在她躲的樹下，險些將她給活生生撞下來。

越野車撞得前蓋掀起，發動機兀自發出味道濃烈的白煙，怎麼看怎麼危險。

「有人想殺老娘？」她從樹上跳下，透過破碎的車前擋風玻璃，看一眼駕駛座上的人。

車裡沒人！

沒多遠的地方，有一個中年女人正一路跑過來，滿頭冷汗，不停的朝小蘿莉鞠躬道歉：「對不起啊小妹妹，剛剛我臨時有事下車，結果忘記手剎了，這裡又是整個陰城最大的長下坡，我的車好巧不巧就朝這裡轉過來，你沒事吧？」

中年女人見小蘿莉沒有受傷，鬆了口氣，看著自家車接近報廢，立刻又苦了臉。

小蘿莉的眉頭越皺越緊，那中年女人只是純純粹粹的普通人罷了，怎麼看都不像是想要特意暗殺自己，就算是暗殺，也沒有人會用這麼蠢的方法來殺她。

可為什麼在幾分鐘之內，已經出現過兩次低機率事件，每一次都那麼的危險？

在小蘿莉的一生中，類似的倒楣事件她可完全沒有遇到過，因為她是十二聖女之一，操控運勢的聖女，運聖女。她從出生就好運爆棚，只要她走過的地方，就會好運連連，只要是她接觸過的人接觸過的物，都會運勢暴漲。

沒有例外，除了今晚。

「老娘的行蹤，應該沒有告訴任何人才對。」運聖女總覺得今晚有些不太對勁兒：「早點回酒店吧，明天再找線索。」

她抱著胸口，準備回住的地方。可是厄運彷彿今晚發瘋了似的，突然如同毒蛇，死死勒住她。

小蘿莉悲哀的發現，她無論如何都無法離開這個區域。一旦她想要走出去，就必然會出現低機率的災難，不是連環車禍，就是高樓的裝飾牆倒閉，阻礙她的道路。

更有甚者，明明她已經放棄了從正路走，飛岩走牆想要從某無辜社區的牆上跳過去，直接跳出這條街，但無辜的社區，竟然突然發生了天然氣爆炸，大火活活將前路再次阻斷。

運聖女氣得快要瘋了。

這些災厄她都能躲得開，也沒有真的威脅到她的生命，但就是不爽得很。作為操控運勢的少女，居然有一天被厄運纏身，這簡直是太不科學了！

運聖女完全沒有發覺，從她身上散發出來的幸運之力，正在不斷地散走，散得遠遠的，攀親戚似的樂呵呵的，朝著不遠處三十多樓高的夜諾不斷匯聚。

落到夜諾的身上。

他和李家明所在的總統套房內，密密麻麻的蒼白鬼手抓過來，擠壓著翠玉珠。六顆翠玉珠一顆顆熄滅，最後一顆苟延殘喘了一分鐘後，徹底的失去顏色。

翠綠的能量如同破碎的氣泡，殘留下一絲氣息，消滅在空氣中，無數鬼手發出無聲的嘶吼，瘋狂朝兩人抓來。

李家明臉色煞白，面無血色，一臉絕望：「老二，咱倆要死了，嗚嗚，臨死前老子都還是處男，虧死了。」

「你這富二代真沒出息。」夜諾鎮定的說：「放心，死不了！」

他看一眼身旁縈繞的那股突如其來的能量，這些能量很奇特，帶有某種親和力。雖然不同於季筱彤那種刺骨的冰寒，但和她卻又有異曲同工之妙。夜諾沒搞懂這些能量從何而來，不過現在他命在旦夕，這些能量又沒危險，顧不得許多了。

夜諾放鬆身體，允許這些普通人看不見、但是拚命迎合自己、獻媚到沒有底線的能量進入。奇異的能量頓時歡呼起來，前仆後繼的往前趕，很快就融入夜諾四肢百骸的經脈。

鼓脹的感覺充盈全身，夜諾指揮著這些奇異的外來力量，手一劃。

從他手裡噴薄而出的力量，在空中閃過一絲黃光，朝骸骨般的森森白手灑去。黃光過後，慘白恐怖的手，竟然一絲一毫變化也沒有，仍舊在朝夜諾兩人抓過來。

夜諾愣了愣，不應該啊，這些能量雖然很古怪，但是也實實在在是暗能量，怎麼會沒有一丁點攻擊力咧？

就在這時變化突生！

令人跌破眼鏡的一幕出現，正要抓住夜諾和李家明的一大堆鬼手，或許是因為擠得太密集，竟然纏著纏著纏在一起，打成死結。

這特麼讓人該怎麼反應？

死裡逃生的夜諾撓撓頭，但是更加勁爆的想像，再次出現。

糾纏的鬼手被別的鬼手吞噬後，形成許多體積大一倍的鬼手，朝他們抓來。可是說來也怪，就在鬼手抓過來的瞬間，地震了。

地震讓對面的牆塌下來，轟隆隆的牆壁壓在鬼手上，露出一條逃生的路。

夜諾拽著李家明朝前衝。

雖然是總統套房，但這間臥室位於最裡邊。牆對面是另一間套房，套房中一張大床上，一男一女正在做不可描述的活動。兩人睜大了眼睛看著牆壁倒下，懵呆了，心裡想奶奶的，難不成自己不可描述的動作太大，把牆壁都給震倒了？

兩個凡人自然看不到滿地的恐怖鬼手。

隨著夜諾和李家明兩人衝進來，慘白的鬼手也在地上蔓延，往他們追來。

「打擾了，喲，身材不錯哦。」李家明打量了幾眼，床上用被單蓋著自己的女人頓時尖叫一聲。

夜諾和李家明忙不失措的往外跑，逃到酒店的走廊上。鬼手陰魂不散，再次追上來。但是這些鬼手實在是不知為何，實在是太倒楣了，追趕的路上，無數低機率天災人禍不斷的摧殘它們、折磨它們、直到那恐怖的穢氣消失殆盡。

「今天哥的運氣實在是好到爆棚。」一路逃過來，發生的各種事件完全都只能用幸運和奇蹟才能解釋，每每要被鬼手抓住的夜諾兩人，都會以非常難想像的奇葩姿勢獲救，這讓夜諾隱隱明白了一件事——

那些不請自來的黃色暗能量，絕對能操控運勢。

現在的他，整個就是行走的幸運播撒機。看著鬼手徹底消散，沒有危險後，也不管身旁累得死狗似的癱在一旁的李家明，夜諾樂呵呵的掏出手機，用剩下不多的生活資金買了幾十注即開彩票。

「老三，你在幹啥？」李家明問。

「買彩票啊。」

「兄弟，這才剛活下來，你興致真好。」對於老三清奇的腦迴路，李家明已經有抵抗力了，不過他還是沒搞懂，這傢伙幹嘛要在這時刻買彩票。難道是老三多巴胺分泌出問題，剛剛都快沒命的刺激還不夠？

「你不懂。現在哥就是幸運女神附身，誰知道什麼時候幸運會離開我。賺一點是一點，我又不是你這種富二代。」夜諾撇撇嘴。

以小博大，這次肯定發，還有三分鐘開獎，嘻嘻。這財迷兩眼放光，終於有不勞而獲的錢能進他乾涸已久的錢包了。

「喂喂，現在還要不要逃啊？那些鬼手會不會又冒出來？」

「放心，暫時沒問題了。別吵，閉嘴，我正在等開獎呢。」

在夜諾等著中彩票發財的同時，另一邊的大胸蘿莉，抄著一口東北大碴子味的運聖女，已經倒楣到極點。蘿莉氣死了，她甚至在懷疑是不是有人把她家八輩子的祖墳給挖了，怎麼今晚會慘成這樣！

金碧闌珊酒店附近的那條街前，有五人跑過來。其中一人咂吧著嘴，一臉驚訝：「這裡到底發生什麼事？怎麼一副世界末日的破敗景象。」

「鬼知道。我看本地新聞上說，這裡經歷了倒塌、天然氣洩漏爆炸，地面還神秘下陷外加局部小地震。」另一人滑著手機。

第三人震驚道：「這麼多低機率事件，竟然都發生在十分鐘內，太不可思議了。」

「跟著咱們的大小姐，再不可思議的事件也變得能夠接受嘛。」第四人捋了捋鬍子。

「不錯不錯，說不定這些事件都是咱們大小姐引來的。咱家小姐是運聖女，掌控運勢，今晚發生的事情，一定是因為她拯救了世界。」眾人一同點頭。

在他們心中，自家聖女可是活脫脫的幸運女神人間代表，她身旁發生多麼難以接受的事情，都是在常理之中，根本不需要驚訝。

「聖女打電話讓我們來接她，你們看到聖女在哪兒了嗎？」第五人顯然是這群人的頭領，看著眼前破敗的街道場景，皺皺眉頭，淡淡道。

「沒有，不過咱們也不需要替聖女擔心。以大小姐的運氣，不要說這條街崩潰了，就算是世界毀滅了，說不定她同樣沒事。」第三人老神在在，對自家運聖女充滿信心。

「大小姐剛剛還發了定位給我，應該就在這附近。」第二人又掏出手機，看著地圖，地圖上一個紅色的圖釘釘在不遠處的位置：「三分鐘前，聖女就在那兒定位的。」

他隨手一指，指在一處廢墟處。

那廢墟發生地陷，地面陷下去的地方又被高樓頂端掉下來的裝飾牆壓中了。街道上因為各種災難空無一人，也還好是深夜，如此糟糕的情況下，沒有什麼人員傷亡。遠處不斷響起的救護車聲、警笛聲以及消防車聲此起彼伏，顯然有大量的人正在朝這裡趕來救災。

「快點找到大小姐，免得人多眼雜。大小姐來的時候就吩咐過我們，絕對不能暴露行蹤，這次行動關係很大，甚至關係到咱們李家的未來地位。」第五人一揮手，五個人正準備分開各自尋找運聖女。

就在這時，從腳下廢墟處冒出來了一個虛弱的聲音：「有人嗎？」

這聲音怎麼聽起來很耳熟，第五人愣了愣，疑惑道：「這裡居然有人？聲音怎麼好像在哪裡聽過。」

「滾犢子，連老娘的聲音都聽不出來咋滴。李達，你翅膀是不是長硬了？」聲音從廢墟的最底下朦朦朧朧的傳來，直接叫了第五人的名字。

第五人冷汗就下來了：「是大小姐，大小姐怎麼被埋在廢墟下面！」

「趾溜屁少放，快把老娘撈出來。」

五個人難以置信的趕忙手忙腳亂的將廢墟挖開，一個黑裙的蘿莉正被壓在地陷的坑中，狼狽極了，運聖女這輩子都沒有如此鬱悶過，年齡不大的她委屈得眼角甚至都流著淚花。

她一臉骯髒，好看的黑裙子也破破爛爛的，雖然沒受傷，但是被手下看到自己這副淒慘模樣，實在是太丟臉了。

五個手下大眼瞪小眼，奶奶的，他們看到什麼！他們到底看到什麼！掌控運勢的運聖女，能夠占卜一切，能夠將命運玩弄在手中的運聖女。居然被壓在廢墟下，這種小機率的不幸事件，怎麼可能和自家的大小姐沾上關係？

哎媽呀，這個世界，難道要完蛋了嗎？

「這塊地界一定有什麼在吸取老娘的運氣，快帶老娘離開。」小蘿莉抹了把眼淚，說話雖然強硬，但一臉可憐兮兮的。無論是不是聖女，她畢竟只是個十幾歲的小女孩。這地方搞得她真的有些怕了。

無論有什麼在吸收她的運氣，對打小就運氣爆棚的小蘿莉而言，簡直是遇到天生的剋星。她必須要先離開，回頭再搞清楚到底是什麼原因。冤有頭債有主，小蘿莉捏著小拳頭怒氣沖沖的帶著手下離開了。

她發誓，一定要把讓自己這麼倒楣的存在揪出來，好好折磨以泄心頭之恨。

小蘿莉離開時，夜諾買的及時開彩票正好要開獎。這傢伙立刻就察覺到好運在撤離，連忙慘叫一聲：「不要啊，哥的運氣，你再撐一下，再撐十秒，不，五秒也行。」

黃色的運勢暗能量慢慢在夜諾體內消散，叮咚，彩票正好開獎。前邊幾個號碼因為運能量的存在，完全和夜諾瞎買的號碼一模一樣，可是在最後兩位號碼上，因為運能量的徹底消失，事情就斯巴達了……

「嗚，我的生活費！」夜諾極為鬱悶，仰天長歎。

這一次，損失慘重啊！

一旁的李家明拍拍他的肩膀：「老三，別耍寶了。兄弟我的下半輩子的幸福生活還掌握在你手中哪，趕緊替我想想辦法。」

「替你想什麼？」夜諾沒好氣的瞪了他一眼。

「當然是我媳婦啊。你瞅瞅，她家裡絕對不正常，咱們只是偷看一眼，就有那麼多鬼手冒出來抓咱們。她肯定一直都身陷危險中，所以才不開心，不笑。」李家明愁眉苦臉，一想到自家媳婦隨時都有生命危險就揪心得很。

夜諾皺皺眉頭：「自家兄弟，我肯定會幫你的。不過你這個富二代當得也真夠遜，人家程覓雅可沒說過要當你女朋友吧。」

「嘿嘿，咱們李家從來都是專情的人，家族傳統，從第一眼看到她，我就把她內定了。老三，咱們要不要現在去救媳婦？」

「救個屁，你還嫌命不夠長？」夜諾敲著李家明的腦袋：「你也知道，躲藏在程家的那東西非常可怕，只是瞅了我們一眼，我們就差點沒命。現在的我肯定弄不過它，而且它非常神秘，必須要先將它的底細給挖出來，對症下藥。」

夜諾現在已經非常肯定了，自己第三扇門的任務目標，絕逼就是在程覓雅的家中。博物館給了他一個月的任務時間，但是現在自己才兩天就已經明白目標的位置了。

也就是說，剩下的二十八天，他必須要想辦法將那個穢物給消滅掉，才能成功完成任務。

可現在看來，程覓雅家的存在，哪怕他現在一刻不停的修煉，修煉滿二十多天，估計也不可能搞定。除非，剛剛那運勢附身的狀況再次出現！

想到這兒，夜諾瞇瞇眼，笑起來。

「兄弟，有辦法了！」夜諾又敲了敲李家明的頭。

李家明大喜：「真的！」

「現在咱倆首先有兩件事要做。」夜諾道。

「哪兩件？」

「第一，是把程覓雅約出來，搞清楚她們家裡到底發生了啥事，那個可怕的怪物到底是怎樣的存在。第二，那就是只有我才能做的事了。」

關於第二點，夜諾並沒有細說。因為他能猜得到，剛剛飄過來攀親戚的運能量肯定是來源於某一個準聖女。因為這股力量和季筱彤身上的感覺太像了，只要找到她，跟那個女生聯手，第三扇門的任務絕對手到擒來。

因為運氣這種東西，真的不講道理沒有邏輯，雖然夜諾並不喜歡光靠運氣做事，但是經歷了剛剛的事後，他必須要承認。

運氣太重要了！

對啊，運氣太重要了。灰頭土臉的運聖女回到酒店，她沒敢停留，選的酒店都是離金碧闌珊附近遠遠的。洗個澡，敷個面膜，好好的梳理乾淨後，大胸小蘿莉這才舒服的伸了懶腰。

坐在床上，怎麼想，她都沒想明白，今天咋個倒楣運倒出八輩子血楣來，難不成被人給陰了，又或者，這個城市有針對自己的陰謀？畢竟冰聖女季家那兒險些被一個神秘人滅門，這件事她李家也知道得清清楚楚。

說不準冒出個邪惡分子，來針對他們李家了。

思來想去，小蘿莉最終搖搖頭。這個可能性極小，畢竟她來陰城這件事沒人知道。李家掌管運勢氣運，作為聖女，她體內的運之除穢力從出娘胎開始就是自帶的，那股力量與生俱來，是數千年前神賜予他們李家的。

除非是神才能將其奪走。

想到這兒，運聖女的心臟猛地一跳，她瘋了一般，從行李裡掏出一副骨牌，鄭重的祭拜後，這才朝天空一扔。

「今天的運勢曖昧，明日當撥開烏雲見日出。」小蘿莉皺皺眉，奶奶的，這卦象是幾個意思。

無論如何，這個城市裡有什麼東西是她的剋星，就是不知是人還是物，但應該不是神，如果真的是神出現，她怎麼可能不知道。哼哼，至少她清楚了，冰聖女季筱彤能夠施展神術的秘密，絕對隱藏在這個城市中。

為了家族，她必須要找出來。否則十二聖女中只有季筱彤一個人能夠施展神術，對其餘十一個家族，簡直就是大災難。

「問方向。」小蘿莉又卜了一卦。

骨牌落在軟軟的床榻上。

「西南方？」小蘿莉喃喃唸道。

西南方，也就是說，明天她應該去城市的西南方碰碰運氣。哎媽呀，老麻煩了，自己在這個城市真鬱悶，卜個卦都彷彿受到干擾似的，晦昧不明。

算到這兒，小蘿莉突然打一個機靈，她似乎從卦象中察覺到什麼，冷哼道：「看來冰聖女已經從季家出走了，有趣有趣。卦象中說，如果她到了陰城，就沒老娘事兒了，不能讓她來。」

當即小蘿莉壞笑著又掏出一個罐子，罐子裡有許多小管子，每個管子中都裝著幾根髮絲。

「嘻嘻，我們李家費盡心思從其餘十一個聖女身上搞來的頭髮，果然是有備無患，現在終於有作用了。」

作為運聖女，她不光可以操控自己的運氣，還能利用運之術法影響別人的運氣，無論距離多遠，只需要有介質就行。

小蘿莉小心翼翼的抽出李筱彤的長髮，對著髮絲輕輕吹了一口氣，一股黃色除穢力噴出，髮絲瞬間燃燒成灰，被一股無形的風帶動，灰燼飛向了無盡的黑夜中。

—09— 程家的秘密

人這一生，怪得很。

有時候你覺得自己應該就是自己故事中的主人公，但其實，許多時候，你連你自己故事的主人公都算不上。

如同在玻璃做的隔板外，看快刀將自己的生命切成魚生。人生是你的，屠宰你的刀卻不掌握在你手中。

這真是個操蛋的人生。

或許對於程覓雅一家子而言，能真真切切的感覺到人生的操蛋之處。我命由我不由天這句話，離她實在是太遠太遠了。

一大早，夜諾刻苦的修煉了一整晚的暗物質修煉術，恢復完畢後，這才和李家明跑到陰城大學去堵程覓雅，想要弄清楚她家到底有什麼。

結果程覓雅一看到李家明，就遠遠躲開了。

李家明傻傻的站在原地，被夜諾拽了一把：「你發什麼呆，腦袋進水了？還不趕緊追。」

「喔喔，對啊。」李家明摳摳腦殼，連忙和夜諾一起追著程覓雅。

女孩循著學校裡的小路，一直逃得匆匆忙忙，不時還朝著李家明的方向瞅，但是這個看起來乾淨清純的女孩，怎麼可能逃得過兩個大男人。

十多分鐘後，夜諾兩人就將她給堵在學校一處偏僻的公園裡。

程覓雅一臉死灰，怒道：「你還來找我幹嘛，你明明已經可以逃掉了，為什麼還要回來，你不怕死啊！」

「可我喜歡你啊。」李家明憋出這麼一句話。

「喜歡有什麼用，我只會連累你。」程覓雅一跺腳。

李家明突然開心起來，她明顯在關心他：「覓雅，跟你介紹一下，這是我宿舍的老三，超級學霸，大魔王級別的那種，而且他頗有些手段，肯定能幫助你。」

「沒有人能幫我！」程覓雅搖頭，一臉淒苦：「離我遠點，否則，你真的會死的。」

夜諾一眨不眨的打量著程覓雅，越看越心驚。她的印堂發黑得厲害，身旁彷彿有無數黑漆漆的暗物質詛咒，在拚命朝她的皮膚、指甲、髮絲裡鑽。

如此強大的穢氣詛咒，駭人得很。

夜諾用看破瞅瞅那些詛咒的能量值，竟然超過了一百點，實在是太恐怖了，真不知道詛咒的本體，究竟有多麼可怕。

這次的任務堪憂啊。

「你家裡藏著一個可怕的怪物，我和李家明已經知道了。」夜諾想了想說：「我們是來幫你的。」

「你幫不了我。」程覓雅仍舊搖頭。

「不試試你怎麼知道。」

「那東西，根本不是普通人能對付得了。」

「你怎麼知道我是普通人了？」夜諾撇撇嘴。

程覓雅看他一眼，苦笑：「求你們不要再和我沾上關係了，求求你們，我不想別人因為我而死。」

夜諾揉揉眉心，思忖如果不亮些手段，估計這死腦筋的女孩絕對不肯相信自己。

「站著別動。」夜諾隨手撿了一顆石頭，圍著程覓雅在地上畫了畫，這是他從博物館的那些書籍中看來的低級除穢術。

地上的咒法並不繁複，三下五除二就搞定了，功能也很簡單，就是祛除人體中依附的邪惡穢氣。

「這什麼東西？」程覓雅並不信任夜諾。

不過夜諾也無所謂，他蹲下去，用掌心按著地面，體內的暗能量順著地表流入了咒法中，頓時咒法光明大作，哪怕是普通人也能看到有許多潔白的光芒，在地上的圖案中不斷地跳躍流動。

「啊，你在玩什麼魔術？」程覓雅有些驚訝了，隨之身體的情況，令她更加的難以置信。

原本渾身沉甸甸的感覺早就壓抑得她喘不過氣來，可咒法一刺激，渾身就更加難受不已。

看著咒法中的程覓雅，就連李家明都倒吸一口冷氣：「覓雅，你身上有東西。」

程覓雅低頭一看，頓時毛骨悚然的發抖起來，陣法令她身上的邪惡能量具象化出來。肉眼甚至能看得清體表外那烏黑得彷彿油脂般流動的詛咒。

「這是什麼？」她尖叫道。

「這就是你家裡那個怪物給你的詛咒，但到底是什麼類型的詛咒，暫時我還不知道。」夜諾淡淡道。

程覓雅越看越怕。

「沒關係，我幫你去除，耐心等著。」夜諾掐了個手訣，體內的暗能量猶如擰開的水龍頭，傾瀉而出。

咒法得到精純的暗能量的滋潤，頓時發出更加刺眼的光，光彷彿火焰，活活的將程覓雅身上的黑色咒氣融化。

就在大功即將告成的瞬間，突然一股惡寒，從後背爬上三個人的頭頂，夜諾和李家明寒毛都豎起來。

「老三，怎麼一下子就降溫了，好冷！」李家明打了好幾個寒顫。

程覓雅尖叫了一聲：「你們，你們快逃！它、它、它來了！」

「誰來了？」李家明傻乎乎的反問一句。

「不要動。」夜諾打了個激靈，頓時停止所有的動作，他在眼睛上一抹，一絲白光散開在瞳孔裡。

「開天光！」

哪怕開了天光，可是這偏僻的花園中空蕩蕩的，什麼古怪的東西也沒有看到。但就在剛剛，附近的氣氛全變了，刺骨的冷意不斷的匯聚在周圍，充滿惡意的窺視視線，似乎落在夜諾和李家明身上。

這裡，絕對有什麼看不到的恐怖玩意兒！

「都不要動！」夜諾皺著眉頭，除穢咒陣中那火熱的白光，竟然已經被染黑了，他用翠玉手鏈又在眼皮子上一抹，翠玉的顏色散盡，夜諾仍舊沒有看出來周圍多了啥。

越是看不到，越恐懼。

李家明被附近的冷意冰得渾身發白，他用力的將外套裹著身子，但還是冷得發抖，止都止不住，夜諾在他肩膀上一拍，一絲暗能量輸送到他體內，他終於好受了些。

「老三，我覺得我快要死了。」李家明哭喪著臉。

「不要動。」夜諾仍舊是這三個字。不錯，他不敢動。和看不到的穢物戰鬥，先天上就屈居於劣勢，敵不動我不動，是現在最佳的辦法。

一動，說不定就得死。

陰氣在匯聚，夜諾看到程覓雅在一眨不眨的盯著花園的某一處看，一臉見了鬼的可怕表情。

「程覓雅，你看得到那東西？」夜諾問。

她彷彿用盡力氣，才點了頭。

「它在哪兒？」

程覓雅指著距離大約夜諾五公尺遠的位置：「在那兒！」

「很好。」夜諾毫無徵兆的出手了，一出手就是在第二扇門的書籍中學到的現階段最強的除穢術。

「無天！」白色暗能量席捲而去，如同匹練一般打中了程覓雅手指的位置。

「打中了嗎？」他問。

她點頭：「打中了。」

「有效嗎？」

「那東西屁事都沒有，還在對你笑。」程覓雅搖頭。

夜諾並沒有意外，他迅速用腳在地上一劃，畫了個圈將自己和李家明一起圈進去：「無地！」

地上的圈中白光乍現，一層一層的擴散出去。夜諾一邊往後退一邊用腳畫圈，不知道畫了多少個。

「現在呢？」他又問。

「那怪物正在朝你走過來，它已經踏入你最外邊畫的那個圈了，啊！」程覓雅尖叫道：「它走進了圈裡，你那個圈完全沒效果。」

「沒效果？」夜諾摸摸下巴，冷笑道：「再來！」

他繼續後退，畫圈，看似沒有規律，可是沒多久方圓十多公尺內，已經被他畫滿了密密麻麻的圈。

夜諾和李家明也已經來到距離程覓雅只有一隻手距離的位置。

每畫一個圈，地上的圈都會亮起明亮的白光。程覓雅一直在為夜諾提醒怪物的位置，其實根本就不需要她提醒，夜諾也清楚得很。

只要怪物踏入過的圈，純白的暗能量就會被侵蝕成漆黑的污穢色。越來越多的咒圈被弄髒，白色的圈越來越少。

「完了，我們完了。」李家明面無血色。

夜諾一巴掌拍在他後腦勺上：「有我，怕啥怕。」

「可老三你明顯沒那怪物厲害啊，那怪物都要把你的圈吃完了。」李家明怕得快要哭了，他的手倒是不老實，將程覓雅扯過來摟在懷裡。

程覓雅沒有抵抗，顯然也是怕到不行，在李家明的懷中瑟瑟發抖：「那個怪物對你笑得很猙獰，它似乎對你很感興趣。」

「我也對它很感興趣。」夜諾冷冷一笑：「不過，它再感興趣，這次也輸了。因為它顯然不會玩圍棋。」

「圍棋？什麼意思！」李家明和程覓雅愣了愣，他們不明白夜諾現在提到圍棋是幾個意思。

顯然，那個怪物也沒明白。

說時遲那時快，就在夜諾的白圈被怪物侵蝕到只剩下一個時。舉目望去，方圓一百公尺的空地上，密密麻麻的全是黑色的圈，猙獰可怖。

「老二，你把你媳婦抱穩了。」夜諾咧嘴一笑，用力一踩地面。

只見震驚的一幕發生了，原本黑壓壓的黑圈，竟然在這一刻迅速變白。熏熏白氣蒸騰，大量的黑色暗能量轉化為了白色的能量，不斷擠壓攻擊黑圈的生存空間，近在咫尺，甚至就要伸手抓住夜諾等人的看不見的怪物，竟然被一股恐怖的力量生生擠走。

「這一招圍棋中的死局換生局，險死還生，不到最後一步不放棄的除穢術，第二扇門中的前輩還真想得出來。」夜諾得意的大笑。

代表怪物力量的黑圈被越來越龐大的力量擊毀，最終慘嚎一聲，徹底的消失無蹤，地上的白圈也逐漸的如同烈日下的冰，散去了。

陰城大學的這一片偏僻小花園在此刻變得殘簷斷樹，慘不忍睹。

「你還看得到那個怪物嗎？」夜諾警惕的問。

嚇得渾身無力癱倒在地的程覓雅鼓起勇氣，四下看看：「沒看到了。」

「它被消滅了？耶！」李家明雀躍的歡呼。這下總應該沒有什麼能阻止自己追求自家媳婦了吧！

「哪有那麼簡單。」夜諾白了他一眼。

程覓雅也搖頭：「我能感覺到，那個怪物並沒有死掉。」

「不錯。我借著險死還生局借力打力，殺了它的銳氣，但那也僅僅只是那怪物的其中一部分力量罷了，想要徹底殺掉它，難！」夜諾拉著程覓雅和李家明兩人：「趕緊走，免得那怪物又分出力量追過來。」

「走，走哪裡去？」程覓雅搖頭：「我走不掉的，無論走到哪裡那個怪物都能找到我，我必須回家才行。」

「現在你暫時還安全。那怪物能找到你，是因為在你身上種了詛咒。現在我已經借它的穢氣把你身上的詛咒給摘掉了，它暫時找不到你！」夜諾仔仔細細的將程覓雅從頭到腳檢查了一遍，點頭：「很好，除得還算乾淨，它肯定是找不到你了。」

經歷了剛剛一段，程覓雅對夜諾比較信任了，仍舊搖頭：「可就算這樣，那怪物找不到我，恐怕會對我的家人不利。」

「它待在你家這麼久了，都沒有殺你的家人，肯定是有別的目的。你先躲得遠遠地，再圖謀解決怪物的辦法，這才是最理智的選擇。」夜諾撇撇嘴。

程覓雅低頭想了想，始終猶豫不決，她害怕家人遭到報復。

「覓雅，有我在，有我老三在，你怕什麼怕。老三這個人有多牛逼，你是不知道，但他的手段你現在也看到了，既然他能驅趕那怪物一次，只要找到那怪物的馬腳，一定會能將那怪物徹底搞定。」李家明對夜諾的信心，可是比他自己對自己都多。

程覓雅看了李家明一眼，最終輕聲道：「嗯，聽你們的。」

李家明的心頓時都飛上外天空，嘿嘿，這未來的老婆，估計已經被自己搞定一半了。

夜諾三人忙不失措的離開陰城大學，遠遠躲到距離程覓雅的家最遠的城市西南方。

要說有錢就是好，李家明隨便找了一家仲介，豪氣手一揮黑金卡一刷，全新的剛裝修好的頂層三百六十平方公尺大平層帶屋頂花園，就收入囊中。

當天下午，夜諾三人就住進去。

程覓雅這個人相當單純，哪知道房子是李家明買的，只是勸道：「李家明，你租這麼大的房子幹嘛，我們只是需要個暫時落腳的地方，這裡太大了，要花多少錢啊，不要太浪費。」

「沒關係，沒關係，就算咱們在逃命，也要兼顧舒適性嘛，房子不好躲著也沒力氣！」李家明大咧咧的滿不在乎，他也沒敢說自己是花錢馬上買的，怕嚇到人家。

程覓雅又勸了他幾句，不要亂花錢，錢賺來可不容易，不過房子租都租了，錢也給了，單純的她也只好歎一口氣，挽起袖子，露出白生生的兩節胳膊，打掃起衛生來。

夜諾老實不客氣的佔據了最大的主臥，關上門修煉。剛剛利用陣法逃脫，雖然有驚無險，但是異常凶險，可把他累壞了。

夜幕降臨，程覓雅又打消了李家明想要點豪華五星級酒店外賣的打算，樂呵呵的在廚房裡用有限的食材做起飯來。

吃飯前，夜諾總算修煉完，一臉疲倦的出來了。

三人吃飯各自悶頭吃，沒有交流，顯然是有點尷尬。吃完飯後，本來程覓雅想要回房間早點睡的，夜諾叫住了她。

「程覓雅，把你家中那怪物的情況，說給我聽聽吧。」夜諾示意她坐到對面的沙發上。

她低著腦袋，扯著衣角，面有難色。

「不要怕，現在它找不到你。」夜諾道。

「可是我就怕一提起它，它就會發覺我在哪裡。」程覓雅的眼神中透露著害怕，這個柔弱的她，甚至一家子人，都已經被怪物折磨到將恐懼刻入靈魂深處。

「這個簡單。」夜諾想了想，覺得說不定還真有這個可能性。畢竟現在的暗物質怪物，實在是五花八門，什麼都有。說不定程覓雅家的怪物，就和量子一般，哪怕暫時切斷聯繫，但是一旦提及到它，也會被它發現。

他在周圍佈置一個簡單的隱匿咒法，程覓雅這才稍微安心了些。

「那怪物是在一個月前，突然出現的。」她想了想，慢慢講道：「不，要說它突然出現也不對。它，或許是爸爸帶回來的！」

程覓雅的老爸，叫程康，就如夜諾和李家明調查的那樣，開了一家偵探事務所，是一個不入流的偵探。

一個月前的那一天，至今，程覓雅都還清清楚楚的記得。

那是半夜凌晨三點左右，爸爸突然敲開她的房門。

爸爸神情緊張，渾身都不知道因為什麼而害怕發抖。

「雅雅。」爸爸叫醒她，大聲道：「你去屋子裡找找，我覺得家裡多了一個人。」

程覓雅揉著惺忪的雙眼，不滿道：「老爸，家裡怎麼可能多了一個人，是有小偷進來了嗎？」

作為偵探的老爸，通常很在乎安全。這個家不算大，三室兩廳罷了，又在二十八樓。就算如此，老爸還是給每一扇窗戶裝了品質非常好的防盜窗，大門後邊的門插也裝了兩個，就算有小偷，在不破壞大門的情況下，應該進不來才對。

程覓雅繞過老爸，正好看到屋子的大門。

門沒有被破壞的跡象，門插也好好的插著。

「不是小偷，就是多了一個人。一個奇怪的人。我今晚老覺得有個人站在床邊上看著我，睜開眼睛就發現一個黑影，我馬上打開燈到處找了一遍，可什麼也沒有找到。」老爸打了個哆嗦：「可不知為何，我老覺得那個人還在咱們屋子裡。」

「爸，你是不是做噩夢了？」

「不是噩夢，夢沒有那麼真實，家裡真的有陌生人在。」

「那，要不咱們報警？」程覓雅問。

「報警沒用。」老爸神神叨叨的又是點頭又是搖頭。

「好吧，那我到處看看。」程覓雅拗不過爸爸，她感到爸爸今晚的精神狀態很糟糕，她隨手抓起一個溫水瓶當作武器，將整個屋子都巡邏了一圈。

屋裡並沒有別人。

弟弟熟睡在父母的房間，媽媽也睡得很香甜。爺爺奶奶在最裡側的屋子中，原本老人家睡眠不好，一有喧鬧就會驚醒過來。但今晚，兩個老人睡眠品質不錯並沒醒。

「爸，沒人啊。」程覓雅說。

程康的臉上滿是不信：「怎麼可能，明明有人，明明有人在家裡。」

「爸，你是不是最近工作太忙了？明天關店休息一下吧。」

「我不累，不累。」老爸彷彿沒了睡意，他翻出一根防身用的金屬棍，坐在沙發上，屋子裡的燈全大開，棍子抵著地面，他努力的睜大眼睛警惕四面八方。

「雅雅，你去睡吧，我守著家。」爸爸說。

程覓雅無奈的只好回去睡了。

原本以為這只是個小插曲而已，但是這女孩沒想到，只不過一夜過去，整個家都變了！

一大早，家人就坐在餐桌上有說有笑，看起來很開心。可程覓雅驚訝的發現，平時主位都是爸爸在坐著的，不過今天爸爸並沒有坐餐桌的主位，而是縮在沙發上，一邊發抖，一邊死死的看著主位的方向。

爸爸的眼睛很紅，似乎一夜都沒有睡著。

但明明餐桌的主位空出來，空蕩蕩的，一個人也沒有。偏偏媽媽、爺爺奶奶卻一個勁兒的和那個空空的主位說著客氣話，就彷彿主位上，坐著某個看不到的人一樣。

弟弟最先發問：「媽，爺爺奶奶，你們在和誰說話啊！」

爺爺怒道：「臭小子，你不知道咱們王叔叔來了嗎，正在這兒好好的坐著呢。你看你睡到幾點了，起來也不先跟你王叔叔打個招呼，請個安。」

「王叔叔，哪裡啊？他是誰？」弟弟揉揉亂糟糟的頭髮，疑惑道。

「你王叔叔就在這兒啊。」爺爺恨不得用筷子打弟弟的腦袋：「快叫人。」

弟弟傻了，爺爺從來都最愛他，這還是活這麼大第一次見到爺爺對自己發脾氣，弟弟不敢違逆，只好對著餐桌的空氣，不情不願的喊道：「王叔好。」

「對，這才對嘛。你看你王叔叔在對你笑咧。」爺爺這才滿意了，點點頭，示意弟弟去吃早飯。

見這詭異的一幕，程覓雅有些懵，偷偷跑到怕得彷彿要崩潰的爸爸身旁問：「爸，出什麼事了。爺爺奶奶和媽媽似乎有些不對勁兒！」

爸爸一聲不吭，仍舊一眨不眨的死死看著空蕩蕩的餐桌主位。

就在程覓雅搞不懂情況的當口，弟弟遭殃了。

弟弟本調皮，算是家裡的一霸，被逼著叫一個空座位叫叔叔，肯定不甘心啊。他眼睛骨碌碌轉一圈，起了小心思，趁著爺爺奶奶不注意，他端著碗迅速一屁股朝主位坐下去。

說時遲那時快，爺爺和奶奶頓時尖叫起來，張大的嘴巴，皺巴巴的臉皮都因為劇烈的尖叫而顫抖。

「臭小子，你幹啥。對咱王叔叔太不尊敬了！」爺爺一把拽住弟弟的手腕，將他拽倒在地，還用腳憤怒的踢幾下。

「快向王叔叔道歉。」

「嗚嗚，爺爺打我，爺爺打我。」弟弟又氣又怕，掙扎著朝自己的房間跑。爺爺拽著弟弟的腳，將他拖倒在地，嘴裡不停的逼著弟弟道歉。

弟弟嚇壞了，他怎麼也想像不到，從來都和藹可親、沒有對自己大聲過的爺爺會變成這麼恐怖。

他最終對著主位道歉，還被逼著磕了幾個響頭後，爺爺這才放了他，弟弟哭著躲回臥室，怎麼都不開門。

事情越發詭異起來。

程覓雅看著縮成一團也不阻止的爸爸，在餐桌吃飯卻不停發抖的媽媽，以及殷勤的給空蕩蕩的主位夾菜，說著客氣話的爺爺奶奶。

她渾身發冷，這個家實在是太難以理解了。家裡到底發生什麼事，難不成一覺醒來，爺爺奶奶都老年癡呆了？

——10——
恐怖王叔叔

一大早，家裡向東的窗戶正好對著餐廳。朝陽穿透薄薄的雲朵，從天空灑下來，原本應該暖洋洋的陽光，卻曬得程覓雅心冷到谷底。

彷彿家裡藏著某種邪惡陰森的東西，正在偷偷的吞噬他們一家子。

程覓雅有些擔心弟弟，深深的看了餐廳一眼後，連忙去弟弟的臥室，弟弟把門緊緊地反鎖著，她用鑰匙把門打開。

弟弟尖吼一聲：「走開，不要進來。我最討厭爺爺了。」

「弟弟，是我。」程覓雅進去後，連忙說。

「姊。嗚嗚。好可怕，好可怕。」弟弟一看到姊姊，就撲到她懷裡哭起來。

「怕什麼怕，爺爺今天做事確實有點不對，可能心情不好吧。」她拍著弟弟的背安慰道。

「不，我說的可怕，不只是爺爺。」弟弟突然打個冷顫。

「啊，什麼意思？」程覓雅沒懂。

「餐桌的主位上，有人。」弟弟一句話，就讓程覓雅毛骨悚然了。

「有人？明明沒有人坐在上面啊。」

「不，姊姊。座位上真的有人在，雖然那個人我們都看不見，但爺爺奶奶肯定看見了，說不定媽媽也看得見。」弟弟一邊說，一邊小大人似的，將臥室門牢牢關上，低聲道。

「別胡說了。」程覓雅搖頭。

「我沒有胡說。」弟弟聲音更低了，他顯得非常害怕：「剛剛我坐下去的瞬間，屁股上很清楚的碰到一塊又硬又冰冷的東西，那觸感，絕對不可能是椅子——我根本坐不下去！」

「怎麼可能！」程覓雅頭皮發麻。

弟弟今年八歲，讀三年級了，應該懂的其實都懂了，平時他雖然有些調皮，但總的來說還是個很誠實的小屁孩。

他沒理由撒謊。

「姊姊，你說我們家，是不是鬧鬼了？」

「笨，世上哪來的鬼。」程覓雅臉色陰晴不定，她也能感覺得到，今天家裡怪怪的，最怪的是媽媽和爸爸。

先不論餐桌的主位上真的有沒有人，但媽媽顯然看得見主位上坐著的東西，而且不同於爺爺奶奶的殷勤，媽媽非常害怕，她在害怕那東西！

而爸爸就更不用說了，爸爸也能看到，他也在怕。

直到程覓雅離開家時，家裡的情況也沒有變好。藉口送弟弟去上學，當踏出家門的時候，她才長長鬆了一口氣。

家裡的氣氛壓抑又陰森，讓人渾身不舒服。

程覓雅將弟弟送到小學門口，千叮嚀萬囑咐要他自己小心點，這才去了學校。她的家離所在的大學不遠，所以經常會溜回家住，這幾天，她決定多回家瞅瞅，家裡人的狀態都不好。

她很擔心。

但是她萬萬沒有想到，這只不過是恐怖的前兆而已，更可怕的事情，才剛剛開始。

第二天學校下午才有課，程覓雅始終不放心，乾脆搭乘公車回家看看情況。

沒想到一到家，就看見詭異的一幕。

全家都圍坐在餐桌上，明明是星期三，時鐘已經指向十點半了，本應該早就去上學的弟弟，竟然也在餐桌前坐著。

弟弟小臉煞白，顯然嚇得不輕。

餐桌上一家五口，沒有人開口，沒有人說話，哪怕是弟弟也憋著小嘴，一聲都不敢吭。

「你們在搞什麼鬼？」程覓雅皺皺眉。

仍舊沒人說話，爸爸媽媽渾身怕得發抖，爺爺奶奶也閉著嘴。看著滿桌子的飯菜，早已經涼了，大約已經放置三個多小時以上。回鍋肉上的豬油蒙了厚厚一層，所有飯菜，自從擺上桌子後，應該就沒有人碰過。

「別說話，過來坐著。」

見自己女兒回來了，爸爸的臉上浮出焦急，連忙找了筆在紙上寫了七個字。

程覓雅看了，沒看懂：「爸，你們都在做什麼啊？今天可不是愚人節。」

她的視線移到弟弟的臉上，頓時大吃一驚，弟弟的小臉紅彤彤的，她原以為是吃飯熱到，可仔細一看，分明是血透了，那紅是被人打出來的。

「弟，誰打你了？」程覓雅看得很心痛。

弟弟在家裡是全家人的掌上明珠，含在嘴裡怕化了，捧在手心怕摔了，從小就沒人捨得打過。

弟弟一聽姊姊問，委屈得眼淚都止不住，但他仍舊一聲不吭，顯然是嚇到，扯過一張紙，他寫道：「姊，王叔叔要跟我們玩一個遊戲。」

「啥遊戲？」

「安安靜靜的遊戲。從早飯開始，大家都不准說話發出聲音，否則就會被懲罰。」

「你們幾點鐘開始玩的？」

「五點爺爺就叫我起床了。」

「什麼！」程覓雅大吃一驚：「你們瘋了，六點到現在已經五個小時了。你們就坐在這裡，看著早飯一句話都不說發呆？」

「姐，你快走。免得王叔叔叫你一起來玩遊戲。」弟弟一邊哭一邊寫。

「誰是王叔叔？」程覓雅氣道：「家裡哪有什麼王叔叔？！」

說到這，她突然想起來了。昨天爺爺也神神叨叨的讓弟弟給一個莫須有的叫做王叔叔的人打招呼——怪了，這個家是越來越怪了。

爸爸抬起頭，深深的看女兒一眼，也寫道：「快走，走得越遠越好。趁你看不見王叔叔，快逃。再也別回來。這個家，就算只有你一個人活著，也要活得好好的。」

「爸，怎麼你也這個樣。」程覓雅快要瘋了。

一家人怎麼都這個古怪模樣，一大早起來玩這麼詭異的遊戲不說，還把弟弟的臉打紅腫了。

「姊，我的臉不是爺爺奶奶爸爸媽媽打的，是王叔叔打的，王叔叔說我說話了，要受到懲罰。」一夜之間彷彿懂事了的弟弟，顯然看出程覓雅的疑惑，催促道：「姊姊快逃，否則，就來不及了。」

程覓雅的腦袋完全懵了，她猶豫一下，拔腿就朝屋外走，家裡一個兩個都這樣的話，那就只證明一件事：這個家，不只有問題那麼簡單。

說不定那個大家嘴裡提到的王叔叔真的躲在家中，或許是持著凶器的強盜一類的，他威脅了父母的什麼。

程覓雅決定先逃出去報警。

可等到她走到大門口，拉開大門正準備走出去。就在這一瞬間，拉開的門突然重重的關閉了，是真的毫無預兆的關閉了，像是屋中有什麼人走過來，奪過門把將門使勁兒的往裡邊拉。

程覓雅驚訝的再次開門，可無論如何，門把紋絲不動，門也紋絲不動，彷彿門被焊死了。

「怎麼回事？」她用出吃奶的力氣，門依然紋絲不動，她快瘋了。

餐桌前的爸爸突然渾身一抖，面如死灰的用筆寫道：「完了，晚了。雅雅，坐到餐桌前吧。王叔叔，要你跟我們一起玩遊戲。」

安安靜靜的遊戲，我們都是木頭人的遊戲。不能說話，身體不能動，但是手可以動。在遊戲結束前，違反規定就要被懲罰喔。

被王叔叔狠狠地懲罰！

……

「天知道，那天我受了多少非人的折磨，被懲罰了多少次。甚至我自己到底怎麼撐過來的，也不清楚了。因為被折磨太多次，我直接暈過去。」程覓雅說到這兒，滿嘴苦笑。

李家明駭然：「雅雅，沒想到你居然受了這麼多苦！難不成你家，真的有一個看不到的人？」

這傢伙攀近乎，大咧咧的叫起了人家雅雅。

程覓雅苦笑：「那不是人，絕對不是人類，而是怪物。那個怪物，叫別人稱呼自己為王叔叔，老王叔叔。」

夜諾敲敲桌面：「你爸告訴你，那個王叔叔是他帶回來的？你家裡所有人都能看到，就你和弟弟看不到？」

「一開始是只有我和弟弟不能看到，可第二天，弟弟說他也能看到。」程覓雅沉默一下，繼續講述起自己家中那駭人的、難以置信的可怕故事。

那一早上玩的安安靜靜的遊戲，程覓雅經歷了此生都難以忘記的淒慘遭遇，不知情的她當然沒有按照遊戲規則的理由。

可是但她開口說話的一瞬間，一只看不到的巴掌，就狠狠搧在她臉上，將她整個人都搧飛。

程覓雅驚呆了，她捂著臉，妄圖想要看清楚到底是誰打了自己，可是家人都好好的坐在椅子上，每個人的表情都不同。爸爸恐懼又畏縮，媽媽的眼中只有畏縮和順從，弟弟也不敢動，但見到最愛的姊姊被打，眼眶裡的眼淚止不住又流出來。

無一例外的，五個家人，沒人站起來扶她。

顯然，打自己的，也絕對不是家人。

可到底是誰打了她？程覓雅好不容易掙扎著站起身，吼道：「是誰？」

啪！啪！

兩聲清脆的耳光又打在她的臉上，她的臉被打得腫脹起來。

爸爸用筆快速的寫道：「是老王叔叔在打你，不要動，不要說話，雅雅，陪王叔叔好好玩遊戲，否則你會死的。」

「王叔叔，他在哪兒，我怎麼看不到？」

「老王叔叔說，你太有趣了，暫時還不想讓你看到他。」

暫時不讓自己看到，也就意味著，這個傢伙擁有隱形的能力？

駭然不已的程覓雅難以置信，怎麼說她也是個受過高等教育的大學生，她怎麼會相信這種超自然的事情。

「我才……」她剛吐出兩個字，又是幾記巴掌呼到她臉上，被折磨到不成人樣的程覓雅，終於暈過去，等到醒過來時，自己正躺在床上，爸爸一個人坐在她身旁，握著她的手，臉上全是心痛和自責。

「遊戲結束了，雅雅。」爸爸摸摸女兒腫脹的臉：「委屈你了，是我害了你，害了一家人。」

「爸，這到底是怎麼回事？那個老王叔叔到底是什麼東西？」疑惑的程覓雅忍不住問。

「是我把老王叔叔帶回家的。」老爸當即把自己怎麼接到清除偷窺攝影機的任務，怎麼到別人家裡尋找到上百個攝影機，又是怎麼因為好奇，看了攝影機內的內容，最終把災厄與可怕帶回家中。

老王叔叔肯定就是從張恒家傳染到他們程家的。

聽完，程覓雅沉默許久，她不願意相信這麼離奇不科學的解釋，因為那個所謂老王叔叔的怪物實在是太匪夷所思了。

「我也不願意相信。可是你們爺爺奶奶，連媽媽都能看得到他，甚至你的弟弟，今天也能模模糊糊的看到老王叔叔的輪廓了。」老爸笑得很慘：「我也不願意相信，但是我不得不相信。那個老王叔叔就是個魔鬼，他害了張恒一家子，又跑來害我們了。」

「既然你說老王叔叔存在。那麼上一個被老王叔叔入侵的張恒，又是怎麼回事，他們家人最後都怎麼樣了？」程覓雅又問，這個聰明的女孩，拚命想要將整件事理順：「還有，爸，你也看不到老王叔叔？」

如果說自己家一家子人突然在幾天之內都集體瘋了，這種小機率的事件幾乎不可能，可自己家究竟發生了啥，程覓雅實在是無法理解。

「我直到今天，也沒法看到那個叫做老王叔叔的人。」老爸搖搖頭：「不過女兒放心，我能解決它。既然這件事是因我而起，我不能再讓你們受苦了，這件事，我處理！」

「你怎麼處理？」程覓雅愣了愣，她心裡湧上一個不好的預感：「老爸，你不要幹傻事。如果這個老王叔叔真的存在，真的在家裡，那麼它肯定不是人類，你想要做什麼？」

「我有我的辦法。」爸爸說完這句話，就離開了程覓雅的臥室。

她翻身坐起來，走到廚房拿了些冰敷在臉上，腫脹的臉這才稍微舒服了些，餐廳一個人也沒有，夜晚的窗外燈火通明，可是程覓雅卻只感到窒息和冰冷。

老王叔叔來到自己家的第四天，這幾天，家裡沒有任何人能夠出門，就算是程覓雅和弟弟，也沒法出去上學。

因為老王叔叔昨天早晨就宣布了，他要和他們玩一個新的遊戲。名字為「不要不要出門」遊戲，一直到他允許了，否則誰也無法走出大門。

就在那一天，程覓雅駭然發現，他們一家子是真的出不去了。她也變相的察覺到，老王叔叔是真的存在。這個怪物，並不是爺爺奶奶媽媽爸爸甚至弟弟的幻想，它真的在自己的家中。

因為，整個家都在這不能出門的遊戲裡，變得越發詭異難以解釋起來。

程覓雅一家在遊戲的第一天，都還好。那個自己看不到的老王叔叔也沒有亂胡鬧的折磨他們。她甚至一度認為，事情都在好轉了。那天爺爺奶奶都很清醒，做了很多好吃的，一家人熱熱鬧鬧的吃了午飯和晚飯。

老王叔叔，一整天都沒有出現。

爸爸的精神一直都不好，皺著眉頭坐在沙發上不知道在想什麼。

到了晚上，程覓雅偷偷摸摸的收拾行李，想要離開家。明天大學有幾堂大課，她不能缺席，免得被扣學分，而且長期在家裡也不是個事，她想要出去找人求救。

為了順利逃走，她甚至找來弟弟。

「弟，那個老王叔叔，你看得到不？」

弟弟點頭：「我昨天突然就能模模糊糊看到它的輪廓了。」

「它有沒有在客廳？」程覓雅小聲道。

弟弟掃了客廳一眼，搖搖頭：「沒有。」

「那就好。」她苦笑一下：「姊姊走了，如果有辦法，我再回來找人救你們。」

「姊姊，帶我一起走。」弟弟一把將程覓雅抓著：「這個家太可怕了，我不要待在家裡。」

程覓雅一想，點頭道：「行，咱們小聲點，偷偷溜掉，只要走出那扇門就得救了。走，跟著我。」

「嗯。」弟弟乖順的點頭，兩人一聲不吭的從臥室越過客廳，朝那扇冰冷的大門走去。

客廳空蕩蕩的，什麼也沒有。程覓雅特意沒有開燈，她和弟弟摸黑走向了防盜門，那扇門彷彿隔絕了外界和內部的特殊通道，一門之隔，就是兩個世界。

「姐，我怕。」

「噓，小聲點。那個老王叔叔，發現我們沒？」

「我沒看到它。」

「不要發出聲音。」程覓雅盡量保持冷靜，緩緩用最小的動作，將防盜門的門插拉開，然後摸到門把上。

她的心臟瘋狂的跳動著，好了，太好了，只要一壓下門把，她和弟弟就能逃出去，逃出這個壓抑冰冷的家。

冰冷？冷，咦咦咦，為什麼她會覺得冷？

一股陰冷，不知何時吹拂過來，就像有什麼人，正在對著她的脖子吹氣。

「弟，那個老王叔叔，你看到它沒有？」程覓雅猛地打了個冷擺子，帶著哭腔小聲問。

弟弟仍舊搖頭。

「不管了！」程覓雅一咬牙，拚命壓下門把，想要把門一拉開就猛地跑出去。

可真的當她壓門把時，卻突然壓了個空。

明明握在她手心的門把竟不見了。

「這怎麼可能！」程覓雅難以置信，她摸著門。防盜門還是自己熟悉的防盜門，指尖觸摸到，冰冷的觸感依舊。但無論她怎麼找，就是找不到門把。

明明剛剛還握著的門把，消失得一乾二淨，彷彿從來就不存在過。

「姊姊，你在幹什麼？」弟弟疑惑的問。

「門把不見了！」程覓雅恐懼的說。

「門把不是在門上嗎？」

「可現在找不到它了，我沒辦法解釋。弟弟，咱們該怎麼辦。」在這超自然的一幕中，程覓雅終於徹底相信了，自己家確實在發生科學無法解釋的事件。

弟弟緊緊的拽著程覓雅的左手，突然說：「姊姊，我知道門把去哪兒了。」

「在哪兒？」程覓雅愕然。

「你看，就在這裡。」

就在這時，她猛然間感覺，自己抓著的弟弟的那隻手似乎不太對勁兒，那小手冰涼，彷彿自己抓住的是一團陰冷的冰塊。

她打了個寒顫，緩緩轉頭去看，只見站在自己身旁的弟弟，左手上赫然拿著一只門把，那門把，確實是防盜門上的。

可門把怎麼會在弟弟的手中？

程覓雅越想越不對勁兒，她緩緩的低頭，朝弟弟的臉上望去，弟弟的表情一動不動，笑得十分猙獰可怖。

就像，就像他戴著一張面具。

「不對，你不是我弟弟。」程覓雅拚命的甩掉那隻手，恐懼的向後退了好幾步。

「姊姊，我就是你弟弟啊。」帶著邪惡笑容的弟弟，一步一步朝她逼近。

程覓雅嚇得快要暈過去：「你到底是誰？」

「嘻嘻，我是誰？我是你老王叔叔啊。」弟弟笑得歇斯底里，可表情卻依舊沒有變化：「雅雅，你想要出去？可是你違反了我的遊戲規則，需要懲罰喔。」

「懲罰……你，你就是家裡人說的老王叔叔。」程覓雅嚇懵了。如果單純說是弟弟精神分裂了，那剛剛門把消失不見的狀況，又該怎麼解釋。

「我要懲罰你，雅雅。老王叔叔我啊，對不聽話的小孩子，是最『疼愛』的。」弟弟一邊說一邊笑：「你喜歡你的弟弟嗎？」

「喜、喜歡。」

「可惜嘍，你就快要沒有弟弟了。」弟弟嘻嘻嘻的笑著，走到客廳對面的窗戶前，將窗戶打開，整個人坐在窗戶邊緣上。

「你，你要幹什麼？」程覓雅魂飛天外。

「跟你的弟弟說再見吧，這就是老王叔叔對你這種不聽話的小傢伙的懲罰。」說著，弟弟就要跳下去。

「不要！」程覓雅尖叫著撲過去。

在她的尖叫中，弟弟用陰森毫無表情的眼神看著她：「嚇唬你呢，我怎麼捨得傷害小朋友啊，嘻嘻嘻，我最喜歡小朋友了。」

弟弟摸摸他自己的臉，然後一口狠狠的咬在他的大拇指上，咬得鮮血淋漓，他的表情，依舊笑得陰冷無比，彷彿絲毫感覺不到痛。

「那你說，我要怎麼懲罰你呢？」

「隨便你拿我怎樣都好。只要不傷害我的弟弟，求求你了。」程覓雅哀求道。

「嘻嘻嘻。那我想想，我仔細想想。老王叔叔我，畢竟是最喜歡小朋友的。」附身在弟弟身上的怪物說完這句話後，弟弟的身體猛地一軟，險些從窗台上掉下去。

程覓雅又是一聲尖叫，拚命的將弟弟抱住。兩人一起摔倒在地。

「姊姊，你抱著我幹什麼？」弟弟清醒過來，迷茫的看著屋子：「怎麼我們還沒逃出去？」

「弟弟，恐怕咱們根本就逃不出去了。」程覓雅抱著弟弟痛哭。

她清清楚楚的明白了一件事。老王叔叔，應該類似於惡鬼一般的存在。它不知為何入侵自己家。這一刻程覓雅深深的知道，平常小幸福的日常徹底結束了。

11

潛伏

夜諾和老二李家明聽完程覓雅的故事，深深的覺得離奇。

李家明感覺自己未來的媳婦太不容易了，一把鼻涕一把淚的抓著程覓雅的手，一抓就不放開。

程覓雅有些尷尬，往回縮了好幾次手都沒有掙脫李家明的魔爪，只好無奈的任他抓著，顯然這個單純的女孩，對李家明還是有好感的。

只是不知道出於吊橋效應，還是李家明在某一刻打動過她。

「老三，你可要幫幫雅雅，嗚嗚嗚。」李家明抹了一把鼻涕就拍向夜諾的肩膀。

夜諾連忙躲開：「好了好了，髒死了。能幫忙的，我肯定會幫忙，但這件事不好弄啊。」他揉揉腦門心。

那個自稱老王叔叔的怪物，很明顯有思維，而且思維和人類不在一條線上。縱然夜諾看了博物館中許多關於暗物質怪物的書籍，他也無法將老王叔叔歸納在某種怪物的類型中。

老王叔叔彷彿是潛伏在人類家庭中的癌細胞，從一個家庭潛伏進另一個家庭，無止無盡。它的目的，到底是什麼？

難道這怪物只是單純的因為惡趣味而害人嗎？

夜諾不認為事情有這麼簡單。

無論是人還是暗物質怪物，只要是活著，就需要能量。老王叔叔顯然是某種暗物質怪物，它會不會是藉由寄生的家庭，吸取那些家庭的某種力量來存活呢？

而那些力量，並不是很簡單就能壓榨出來的，而老王叔叔的惡趣味和那些一連串的恐怖遊戲，就是為了榨出供它生存的力量。

「對了，程覓雅。你說老王叔叔是一個月前出現在你們家的。那前段時間，你為什麼有空去聯誼會？」夜諾對此很疑惑。

家裡發生了那麼大的事，按理說程覓雅肯定沒有心情去找男朋友。

程覓雅苦笑：「不是我想，而是老王叔叔那怪物要我去的。」

「它讓你去聯誼會？」

「不，它讓我找一個男朋友。」程覓雅說。

夜諾更疑惑了：「它為什麼希望你找男朋友？不應該啊！」

這可不是一個暗物質生物應該有的行為。從程覓雅的種種話語中能夠明白，那東西顯然是邪惡的，可怕的，自私的。

「我也不清楚。」程覓雅搖頭：「『不要不要出門』的遊戲，我當時不是違反了嗎？老王叔叔一直都沒有懲罰我，直到幾個禮拜前，它突然告訴我懲罰的內容。它的懲罰是要我在一個星期內找一個男友，否則就會殺死我弟弟。我怕極了，老王叔叔說過的話肯定會實現，而且越是在家裡多待一天，我越是能逐漸看到它的輪廓，我已經完全相信它的存在。可是，我從小就聽爸爸媽媽的話，畢業後才能交男友，和異性也不熟，沒什麼異性朋友，突然叫我馬上找到男友，這真的太困難了。」程覓雅歎了口氣：「當時我正好聽說陰城大學和春城大學在搞聯誼，心想乾脆死馬當作活馬醫了，在聯誼會裡隨便找一個吧。」

「結果你就不小心找到了我？」李家明樂滋滋的指著自己：「緣分啊，雅雅。」

程覓雅哭笑不得的看著他耍寶：「孽緣才對，你險些就死在我家裡。」

夜諾皺皺眉：「是老王叔叔讓你帶老二到家裡的嗎？」

「對。」她的臉陰沉下去：「李家明先生一直追著我，還租住附近，雖然我一直沒說，可老王叔叔不知怎麼就知道我已經有男朋友了。它很開心，開心得歇斯底里，每一次李家明先生到我家門口送花，它都讓我邀請他進來。我不清楚它想要李先生進去幹嘛，但是心裡總有一股不好的預感，所以每次我都沒聽它的。直到一個禮拜過去，老王叔叔忍不住了，它像是一團陰暗的影子，湊到我的耳邊，低聲說如果今天還不讓他進屋，它就要讓我選擇是殺死弟弟，還是我奶奶，我沒辦法，只能順從了。」

程覓雅一臉抱歉的對老二鞠了個躬：「對不起，李家明先生。」

「叫我家明就好了，我都叫你雅雅了。」李家明肉麻的說：「幸好你放我進去了，否則咱家的小舅子和奶奶出問題，我也會不好受的。」

這混蛋越來越打蛇隨棍上，連對程覓雅家人的稱呼都是咱家了。

程覓雅畢竟被這情商低的傢伙纏了好幾個禮拜，完全免疫了，澀澀的笑著：「我家人是保住了，可你真的險些死掉。那天的事情，你難道不記得了？」

李家明摳摳頭，迷糊道：「抱歉，我真忘了。我只記得，我在你家似乎待了兩天左右。」

「這傢伙在你家到底發生什麼事了？」夜諾問。

程覓雅低下腦袋，說出一句讓所有人都震驚的話。

「李家明先生，不，家、家明進了我家，熟絡的挨著順序招呼了我家所有人。他喊了我弟弟，喊了我爸爸媽媽，還有爺爺奶奶。直到看到空蕩蕩的沙發，然後一愣，對著沙發微笑著叫了一聲老王叔叔。」

「怎，怎麼可能！」夜諾和李家明兩人，同時難以置信的驚呼起來。

「我叫了老王叔叔？難道我一進屋就能看到它？」李家明指著自己，這沒心沒肺的傢伙，難得毛骨悚然起來。

夜諾也沉默了，他想到了更多。

先不要說李家明為什麼一進門就能看到那只暗物質怪物，而程覓雅和老王叔叔待了好幾個星期，也只能看到模糊的影子；最可怕的是，就算李家明能看得到那怪物，他又是如何直接叫出怪物名字的？

就像一個人走在陌生人的家，直接叫出某個從來沒有見過的人的名字，這如果不是特異功能的話，那就只有一個可能。

李家明曾經見過老王叔叔！

「不可能，我怎麼會看到過你家出現的老王叔叔。」老二李家明將腦袋搖成撥浪鼓。

夜諾思來想去，總覺得現在的情況，彷彿已經變成一團糾纏不清的亂麻，暫時無法理順。

「根據你爸的說法，那個老王叔叔一開始入侵了張恒的家，因為你爸偷看了張恒留下的攝影機紀錄，所以那怪物進入你家。」夜諾問：「那你知道張恒一家人最後到底怎麼了嗎？」

「不知道，爸爸根本來不及查，老王叔叔就來了。」程覓雅搖頭。

「之後呢，老二是怎麼從你家逃出來的？」夜諾又問。

「他在我家待了一天一夜，和我家裡人打得很熱乎。老王叔叔也對他很熱情，熱情得有些詭異。雖然我不怎麼看得清楚那怪物，只能大概的看到輪廓而已。但是家明他，他似乎能將老王叔叔看得非常清晰。」

「期間我也打算問問家明，但是每一次想要開口，老王叔叔都會突然冒出來打斷我，到晚上，老王叔叔甚至想要和家明一起睡。」

「那怪物要和我睡？！」李家明打個冷顫：「不要說是和怪物睡了，就算是一個陌生的大男人要和我一張床上，我都要瘋了，當時我肯定不會同意，對吧，對吧？」

「你答應了。」

「臥槽！」李家明一臉抓狂：「我莫不是瘋了！」

「或許，你真的瘋了，要不就是被那怪物蒙了心智。」程覓雅說。

「這不科學啊。」老二哭喪著臉，心想老子跑到未來媳婦的家，大晚上的沒有和未來的媳婦好好親熱，卻跑去和一隻怪物睡一起，這特麼簡直就是喪心病狂。

「最後我真和它睡了？」李家明捂著腦袋。

還好程覓雅搖搖頭：「沒有。它跟你進了客房後，你脖子上突然冒出一股奇怪的紅色光芒，老王叔叔大駭，最後溜達著走出來，它找到我，要我把你脖子上的玉佩摘下來丟掉。」

「果然是我家祖傳的玉佩保護了我。」李家明欣喜道。

「我知道你身上有保命的東西後，安心了些，磨磨蹭蹭的一直跟那怪物說在找機會下手，可我怎麼可能真的偷走你的玉佩，讓一個和我家不相干的人送死。」程覓雅苦笑：「老王叔叔倒也沒有將我逼得太緊，它似乎對家明很感興趣。這怪物兩天時間，一直都繞著家明轉來轉去，想盡各種辦法試探攻擊玉佩。但是每一次，玉佩都能將它探出去的爪子擊退，直到家明離開為止！就在我送家明離開屋子的時候，剛走出大門，我就聽到他身上發出一聲脆響，他脖子上的玉佩似乎碎了。但幸好，他已經走出大門，順利逃出去了。」說到這，程覓雅十分欣慰。

而一旁的老二李家明被感動得稀裡糊塗，咱媳婦就是咱媳婦，心地善良人高雅，還沒愛上自己的時候，就已經那麼為自己著想了，果然自己和她就是天作之合的一對啊。

沒管李家明怎麼發花癡，夜諾感到程覓雅講述的許多事，都不怎麼說得通。

「玉佩給我看看。」夜諾一攤手，將李家明那祖傳的玉佩仔仔細細的打量了一番。

這玉佩昨天他也粗略的看過，用的玉確實是好玉，但是裡邊的暗能量斑駁。通俗點說，也就是E級除穢師製作的除穢器那種水準。

用這種水準的除穢氣都能讓老王叔叔那種怪物忌憚，那麼老王叔叔的真正實力，不該很高才對。

可不對勁兒的地方，也正在這裡。

昨晚夜諾和李家明偷偷用望遠鏡看程覓雅家的時候，那怪物只是分出一絲穢氣就險些殺了他們，穢氣濃度之高，絕對達到D級除穢師的水準，甚至還要更高一些。

夜諾判斷，這怪物根據除穢師們的判斷標準，應該是猴級。至於是猴幾，那就不清楚了，畢竟對除穢師們的分級，他也只曉得一些粗略的東西。

E級除穢器絕對不可能祛除猴級的怪物，那些怪物至少是B級的除穢師才搞得定，難道，這玉佩內，還有別的蹊蹺？

夜諾仔仔細細的檢查了玉佩，又用暗能量灌入玉佩裡。突然，他咦了一聲。有發現了。

這玉佩果然有古怪。

玉佩外表刻畫的除穢紋雖然斷裂了，但是內部卻有一個神秘的空間，之所以說神秘，這個空間哪怕是空了，可夜諾的暗能量也沒辦法滲透進去。

看來正是這個神秘空間中的力量，保護了李家明。

事情貌似更加撲朔迷離起來。

「麻煩啊。今天不早了，先睡覺好好休息。明天一早，先從張恒家開始調查，畢竟怪物，最先是從張恒家出現的。」夜諾轉頭看向窗外。

夜色微涼，在這冰冷的黑暗中，不知道有多少詭異可怕的暗物質怪物在人世間潛伏著，可是大部分人，並不清楚真相。

老王叔叔這種怪物到底隱藏著什麼秘密呢？老二李家明，又真的曾經見到過那怪物？一切的一切，都沒有足夠的線索。

夜諾仔細的在屋子裡佈置幾個結界，以免老王叔叔的詛咒又找上程覓雅。一夜無話，程覓雅這一個月來，第一次睡得這麼舒服踏實。

但是夜諾和老二李家明熬夜熬了很久，他們分工合作，在幹各自的事。

夜諾吩咐李家明通過手裡的關係，好好查查張恒家最後怎麼了，張恒去了哪裡，張恒的家人又在哪兒。

李家明怎麼說也是個富二代，雖然是春城的，但是有錢能使鬼推磨，重賞之下必有勇夫。幾個電話過去，就有一大堆人看在錢的面子上，利中的層層關係網替他查起來。

夜諾也沒有閒著，他重點收集網路中的蛛絲馬跡。畢竟一個詭異可怕的現象，就算是真實世界中沒有痕跡，但網路社會不同，只要走過，必然留痕。

但可惜，老王叔叔這種怪物，顯然有某種消除軌跡的超能力，搜索了一個晚上，他最終還是一無所獲。

而李家明的關係網，倒是傳來了一些線索。

「老三，根本就沒有張恒這個人。」李家明鬱悶道：「我找人查了整個春城的戶籍，按雅雅給我的線索，那個叫做張恒的人住過的房子，房主人並不是張恒，而且我的人搜索了整個陰城所有叫做張恒的人，沒有一個和雅雅提到的人相符合。」

「那張恒的家人呢？」

「我都找不到張恒，又怎麼可能找得到他的家人。」

「你白癡啊。通過程覓雅的話判斷，張恒哪怕消失了，他的家人哪怕不記得他了，可他還是娶妻生子了，他的老婆和孩子就是房子上一代的屋主，那些人賣了房子去了哪？」

「哦，對啊！」李家明敲敲腦袋，又打了幾通電話。

過了幾分鐘後，消息傳來。

「老三，還是不對勁兒啊。雅雅提到的房子空了一年多，業主一直在國外。但是雅雅的父親卻是幾個月前接到張恒的調查委託的，那說明張恒應該一直都住在家中，他的家人也住在家裡，何況雅雅父親說之後還有趙女士住過。可我的人卻回報，這房子一直空置沒人住。奇了怪了，怎麼前後矛盾得很！」

夜諾沉默一下。

「所以說要不是確實沒有張恒此人，要麼就是老王叔叔將相關的存在痕跡徹底抹滅了。」他摸摸下巴，苦笑：「無論如何，我們都應該去那房子瞅瞅。一個人的痕跡怎麼可能說沒有就沒有，屋子不會騙人，只要張恒一家子住過，那麼肯定會留下些什麼。」

李家明也深以為然。

第二天一早，夜諾隨便吃了些東西，就準備去張恒曾經住過的家。

程覓雅很不安：「夜諾先生，真的不需要我們一起去嗎？」

「你們都別去，畢竟，老王叔叔那隻怪物待過那地方，雖然我暫時用除穢術切斷了你身上的詛咒，可是誰知道你萬一一腳踏入了那個屋子，會不會立刻被老王叔叔給逮住。」夜諾搖搖頭。

「可是我待在這兒怎麼辦，如果它找到我……」程覓雅雙手抱胸，打了個冷顫。

「放心，有我呢。」李家明立刻獻寶的擠了擠單薄的二頭肌，表示自己很可靠，然後給夜諾使個眼色。

夜諾看一眼李家明，心裡嘿嘿笑了兩下，接著撓撓頭：「算了，保險起見，我還是佈置幾個措施吧。」

他從廚房裡找了些鹽，又在旮旯角裡摳了些鐵鏽混合在一起，將客廳的茶几踢開，繞著沙發用鹽鐵混合物畫了一個圈，雙手按在地上，體內能量傾瀉而出，浸透了鹽巴中的氧化鐵，不多時，鹽圈中閃過一道白光，一閃而逝。

就算是凡人也能看出，那道鹽圈似乎有些不一樣了，站在內部，有一股異常的安全感。

「你們就在圈裡待著，我沒回來，千萬別出去。」夜諾讓程覓雅和李家明拿了足夠吃兩天的食物和水。

「這個圈能保護我們？」程覓雅眼睛一亮。

「可以，不論發生什麼，看到什麼，都千萬別出來。」夜諾叮囑道。

「我死都不出來。」程覓雅連忙走進了圈裡。

她背後，老二李家明感激得熱淚盈眶，暗地裡給夜諾比個大大的大拇指。果然是一生的兄弟啊，為了哥們這輩子的幸福，老三真是用心良苦，給他了這麼大一個增進感情的好機會。

「兄弟，晚點回來。」李家明又開始使眼色。

夜諾一副明瞭的表情，急匆匆出門了。關於張恒的線索，他和李家明查了一晚上，但是查到的資訊全都自相矛盾，這讓夜諾有一股非常不好的預感。

或許同樣的事情，就會發生在程覓雅一家人身上。

時間不多了！

老王叔叔這隻暗物質怪物，越是深入了解，夜諾越是忌憚，這東西不是夜諾能夠硬碰硬就能搞定的，必須要智取。

張恒以前的家離這裡很遠，幾乎在陰城的東面，夜諾搭了一輛計程車，四十分鐘後才站在他家的樓下。

這是一棟很普通的大廈，大約二十二層高，根據程覓雅給的線索，張恒住在十三樓，夜諾坐著電梯，很快來到 1303 號房前。

心裡想好幾個藉口，他敲了敲門。

沒有人應門。

夜諾皺皺眉頭，低頭一看，怪了，門把上積了一層灰，門縫隙下也塞滿了各種小廣告，看起來這房子已經很久沒人居住了。

不是說一個月前就有人買了房子並住進去了嗎？這家人去了哪裡？

夜諾四下看看，走廊裡沒人。他迅速掏出兩根鐵絲，左右撥弄幾下後門鎖發出咔噠一聲響，開了。

輕輕一推，門發出刺耳的摩擦聲，朝左右兩邊敞，露出內部深邃的黑漆漆的空間，一股說不清道不明的惡臭伴著一股陰風吹過來，讓夜諾不由得打了個冷擺子。

「不太對勁兒！」夜諾沒有掉以輕心，他左手掐了個手訣，右手在口袋裡一摸，摸了一把鐵鏽撒在大門口。

手訣上白光一閃，體內暗能量均勻的浸透入鐵屑中，形成一道結界。這手法是他從第二道門後的書中看來的，形成的結界又好又快又節能環保，比單純的用暗能量佈置省力氣多了。

畢竟暗能量，夜諾體內太少了，能不浪費就不要浪費。誰知道踏入門內後，還有什麼惡戰。

這間三室一廳的房子不算大，走進去就是鞋櫃，鞋櫃再進去一點是客廳，客廳裡暗無天日，明明是白天，卻拉著窗簾，夜諾一步一步的往裡走，突然，他在走到客廳時，完全停住了腳步。

他的腳貌似踩到什麼軟綿綿的物體。

是人！人的屍體！

夜諾猛地向後一退，說時遲那時快，腳下的人屍竟然啪一聲，爆炸開來。無數帶著惡臭的血腥味噴灑，眼看就要灑了夜諾一身。

「結界術。」眼疾手快的夜諾連忙用結界將那些血腥液體擋住，右手掏出手機，迅速打開電筒。

光明如同刀，割開了黑暗這層奶油。

陰森的客廳展現出地獄般的原貌，夜諾一看，頓時大吃一驚，他毫不猶豫的拔腿就朝外跑：「奶奶的，居然是陷阱。難道是調虎離山之計？」

「不，不對。」

可不遠處的大門，竟啪的一聲，無風自閉，將夜諾嚴嚴實實的關在房間裡。一道冰冷的黑色能量，縈繞在大門上，彷彿饑餓了似的，不斷地在牆壁上蔓延，朝夜諾吞噬過來。

「畫地為牢。」夜諾一把鐵屑撒在地上，捏個手訣，用了畫地為牢的法門。

黑暗侵吞一切，只剩下雞蛋般薄弱的結界還在散發著淡淡的光芒，強行為夜諾撐起一絲生機。

夜諾冷哼一聲，用腳使勁兒在地上一踩，暗能量噴湧，將動能不斷放大，很快腳下的樓板就被夜諾幾腳踩踏，他整個人都隨之往下落，掉下了十三樓，掉入了十二樓。

「快，老二快接電話。」夜諾掏出手機撥通李家明的電話。電話滴滴滴的待接通聲音，彷彿是追趕時間的催命符。夜諾身後，黑暗還在不斷地追趕。他一咬牙，又是一頓腳，樓板崩塌，他掉入了十一樓。

終於李家明總算是把電話接起來。

「快逃，逃到樓頂！」只來得及說出這麼一句話，夜諾身後的黑暗猛地變大，將他吞噬進去。

手機徹底沒了信號。

逐漸被黑暗籠罩的夜諾，冷冷的朝某個方向看一眼，他看到一個人影，一個淡淡的，幾乎很難看清的人影。

那個人影，是誰？為什麼要襲擊自己？

—12— 襲擊者的鬱悶

一道白光閃過，誓要將夜諾切成兩半。

「風刃？果然是除穢術，這手法，很古老啊。」

夜諾躲開後，腳一踏，揚起煙塵，身形躲進了濃濃煙霧中。敵人用的除穢術叫做風刃，在博物館的第二個房間中夜諾看過相關資料。

襲擊者，是除穢師？

夜諾依舊不明白，除穢師為什麼要突然攻擊自己，而且攻擊的手段非常惡劣，恨不得將自己一刀兩斷。

這除穢師很明顯想要殺死他。

躲起來的夜諾倒也沒急，他收斂起氣息，將遺物看破戴上，朝不斷靠近的人影望去。

看破閃過一些資料，資料很快就凝固了，夜諾吸了口涼氣，這個傢伙不簡單啊。

敵人的暗能量大約在一千左右，表面上看來是夜諾的三十三倍之高。

「這傢伙應該至少是B級除穢師，甚至只差臨門一腳就要變成A級了。」夜諾咂舌。

黑影全身都籠罩在黑袍中，看不到臉，他似乎沒把夜諾看在眼裡，手一揚，大片的風刃就密密麻麻的朝夜諾躲避的地方飛過來。

無數風刃割破牆壁，割破地板，將吊燈割成殘渣。

「結界術。」眼看有幾道風刃就要割到自己，夜諾在空中畫了個圈，將風刃給擋住。

襲擊者咦了一聲，顯然有點意外：「有點意思，你一個實力低微到F級除穢師都算不上的低等人，竟然能將我的風刃擋住。」

「你是誰？」夜諾微微皺眉問。

「我是誰不重要，重要的是，你今天會死在這兒。」他淡淡道。

夜諾笑了：「誰死在這，還說不清呢。」

襲擊者嘲諷道：「死的，肯定是你，誰叫你弱小呢，弱者，就該乖乖的被強者殺掉。」

「那你就試試看。」

「死鴨子死到臨頭還嘴硬，給我死！」襲擊者冷笑著，揚手就是數十道風刃。

「結界。」夜諾手仍舊畫出結界，風刃乒乒乓乓的將那一層雞蛋般單薄的結界打得風雨搖擺，可是，結界終究沒有破。

「咦，這麼弱的結界怎麼能擋住我的風刃，怪了！」襲擊者臉上露出古怪的表情，這不應該啊。他明明增加了風刃的力量，每一道風刃都至少用了二十多點除穢力，這個叫做夜諾的傢伙，明明是個只有三十多點除穢力的戰五渣渣，卻能硬生生把風刃全都擋著了。

風刃硬是攻不破這道最多用一點幾除穢力佈置的結界。

太不科學了。

「你犯了一個錯誤，沒趁一開始我沒防備時殺死我。」夜諾道。

「可笑。」襲擊者沒耐心了，他身體一閃，憑空消失。

夜諾掏出百變軟泥，將軟泥變成一把槍，手一橫，無數子彈從槍口朝東邊傾瀉而出。

鐺鐺鐺！

只聽一連串的金屬碰撞聲，襲擊者被擊中了卻安然無恙，只是把他擊退幾步。

襲擊者愣了愣：「這什麼東西？除穢器？不，這除穢器不一般，應該是稀有的寶器一類。」他臉上頓時浮上貪婪：「好東西，殺了你，這東西就是我的了。」

夜諾瞇了瞇眼：「你，沒機會了。」

「牙尖嘴利也就趁現在，死！」襲擊者身形閃爍，下一個閃身，就閃到夜諾身旁，他的右手匯聚了大量的能量，發出刺眼青光，朝夜諾的腦袋拍上去。

夜諾不閃不避，手微微一抖，同樣一道青光閃過，迎面朝襲擊者的右手拍去。

只聽襲擊者慘叫一聲，跌跌撞撞的倒退兩步，難以置信的尖叫：「怎麼可能！」

襲擊者右手鮮血淋漓，兩根手指頭連帶半個手掌竟然都沒了，慘不忍睹，那明明自信的一擊不光被生生打斷，甚至因為能量反噬，把他的手都給炸了。

這到底是怎麼回事？

「我說過，你犯了錯，沒有第一時間殺掉我，所以你失去了最好的機會。」夜諾將百變軟泥變成一把劍，朝襲擊者刺去：「你究竟是誰？」

「你是怎麼破掉我的風刃的？」襲擊者厲聲問。

「很簡單，風刃是利用除穢力帶動空氣振動，只要是振動，就有固定的頻率。我看了你兩眼，摸清楚了你的風刃振動頻率，只需要利用相反的振動頻率就能化解風刃了。」夜諾道。

「你當我是白癡，光靠人腦，怎麼可能算得出我的振動頻率。」襲擊者不信：

「風刃，風刃，風刃。」

他渾身暴起，無數風刃從他身體裡湧出，將整個屋子都籠罩得嚴嚴實實，讓夜諾無處可逃。

夜諾哼了一聲，雙手畫圈，所有進入這個圈的風刃，居然雲淡風輕的消失得乾乾淨淨。

襲擊者終於信了，愕然道：「你到底是什麼人。你為什麼要裝成F級除穢師！」不可能有F級除穢師能夠將B級風刃輕鬆化解掉——答案只有一個，夜諾一直都在扮豬吃老虎。

「喂喂，這個問題是我先問你的。」夜諾撇撇嘴：「不過問了估計也是白問，我並沒有裝弱小，我一直就是這麼強大，而你的來歷，我大概也猜到一些。」

「你猜到什麼？」襲擊者心裡一冷。

面對這個只有F級實力的夜諾，他越發毛骨悚然，這個人明明很弱小，卻讓他完全看不透。

「一個月前，河城出了點怪事。那個城市有神秘人佈局想要殺掉冰聖女季筱彤，但最後陰謀沒有得逞。我能想到唯一想要殺我的人，估計就是那個幕後主使者了。因為當時我和季筱彤在一起，他可能認為是我攪了他的局，但是又沒有證據。」夜諾看向襲擊者：「你應該不是那個幕後主使者，畢竟你很弱小。」

襲擊者心裡一群草泥馬跑過去，一個F級除穢師，竟然說自己堂堂準A級除穢師弱小，真是沒有天理了，要按真正的實力說話，像類似夜諾這種F級除穢師，來幾個自己就能捏死幾個。

可真的面對夜諾，他大話一句都說不出來。彷彿形勢真的翻過來，夜諾這樣的F級，貌似真的比自己可怕。

「所以，你應該是那個幕後主使者派來的，甚至我都能猜得出那個幕後主使者對你說的話。」夜諾咳嗽了一聲：「他應該說的是，你去查查那個叫夜諾的傢伙的底細，如果他沒什麼，就處理掉。」

襲擊者的心頓時冰冷一片，他快要瘋了，這到底是什麼人，他發誓已把行蹤掩飾得很好，夜諾也就是在被襲擊後才發現中招。可就是這幾分鐘不到的時間，竟然把情況推理得七七八八，甚至連最後那句話也極吻合。

這個人太可怕了，留他不得。

「嘿嘿，看來我猜對了，你這個人真好猜，什麼都寫在臉上。」夜諾笑嘻嘻的：「你現在心裡是不是在想，我太可怕了，可不能放過我？」

襲擊者渾身發抖，他將腦袋又朝斗篷裡擠了擠，他在恐懼，在害怕，他怎麼也想像不到有一天，自己堂堂準A級強者，會害怕一個F級的弱者。夜諾神秘的實力暫且放在一邊，光是他的洞察力就極為可怕，直接給予了他無窮的壓力。

這還打什麼打，自己真的殺得了他？

這個叫做「齊」的襲擊者一時間迷茫又恐懼，不錯，他真的是在恐懼，作為殺手，被人看透的感覺絕對不好。

逃，要逃。否則，自己真的會死在這裡，逃出去告訴主人，夜諾這個傢伙絕對有問題。

齊打定主意，腳一挪，身體一閃就消失了。

「哪裡逃。」夜諾顯然不願意讓他逃掉，手中百變軟泥變成一張網，鋪天蓋地朝著房間的某一處罩去。

「八面囚籠！」被罩了個正好的齊嚇得心驚肉跳，他五根手指一張，除穢力形成一個囚籠般的長方形能量體，將百變軟泥撐開一道縫隙。

在這縫隙中，齊彷彿泥鰍靈活，滑溜的游出去，一刻也不敢停，活生生在牆壁上撞出一個人形的窟窿，從十一樓的外牆跳下去。一個準A級強者活活被夜諾驚嚇成這副鳥樣，也算是沒救了。

夜諾將百變軟泥收回來，眼看著襲擊者確實逃得沒影後，苦笑著一屁股坐在地上，癱軟得根本動彈不得。

他按照能量分等級，畢竟才真的只是切切實實的F級而已，用三十多點的能量對抗一千點能量的強者，不光活下來而且還嚇跑人，確實不容易。

但是夜諾也累得夠嗆：「白癡，就算我看破了風刃的頻率，又哪有能量類比得出反向頻率來破解風刃，也不用腦袋想想，這傢伙真好騙。」

夜諾指頭都挪不動一下，體內暗能量嚴重透支。他摸摸手上的翠玉手鏈，六顆原本翠綠的珠子，現在早已經變灰了，珠子裡的綠色能量被夜諾轉化成暗能量吃乾抹淨，一丁點都不剩。

如果襲擊者再不被唬走，他估計也撐不下去。

「不過河城的幕後主使者盯上我，這可不是什麼好事情，以後做事要更謹慎一些。」夜諾一邊想，一邊修煉起暗能量修煉術，十分鐘運行一圈後，感覺差不多，也沒再繼續修煉，連忙溜掉了。

他剛走不久，襲擊者又跑了回來。齊在十一樓查探一番，眉宇間陰晴不定，不知道在想什麼。

「上當了！」齊心想，逃出去後仔細想想，就覺得不對勁兒。如果夜諾那傢伙真的很強大，為什麼不殺了我，還讓我逃掉？果然，他也是強弩之末。哼，著了他的道，下次一定要殺死他。

夜諾搭了車，朝李家明和程覓雅居住的地方趕去，一邊趕一邊打電話，可電話的那頭，始終是盲音。

心裡不由得湧上一股不好的預感。

希望老二真聽了自己的話，馬上逃去樓頂，否則，事情就真的不好弄了。因為他在張恒曾經住過的房間中，看到某些極為不好的東西。

那東西……絕對不正常。

同一時間，春城，一個身材窈窕，穿著白衣的女孩，正站在春城大學的大門口。這女孩令整個春城大學都轟動了，學校裡的群狼們，哪裡見過漂亮乾淨的女生。只是，這女生很冷，非常冷，只是單純的站著，臉上和身上的冷意，彷彿都能令人凍傷。

有幾個膽大、長相不錯的學長自認風流倜儻，麻著膽子湊上去搭話：「學妹，你新來的吧，要學長替你帶路介紹一下學校風光嗎？春城大學可不小。」

「滾。」季筱彤看也沒看一眼，嘴裡只吐出一個字。

「好好好，我們滾。」一個滾字直竄入心底，冷的牙齒發酸。學長們連忙滾開了。

季筱彤想了想：「滾回來。」

幾個學長心裡一喜，這冰美人估計看上自己了，就是剛才有些害羞，於是連忙又滾了回去。

「男生宿舍在哪？」季筱彤問。

「男生宿舍有好幾棟，你問的是哪棟？」學長們愣了愣。

……

她沉默片刻，只知道夜諾在春城大學就讀，具體讀什麼，哪個班，住哪個宿舍，鬼知道。

但是夜諾應該不難找。

「我找夜諾。」她輕輕吐出那個名字。

「啊，夜諾，哪個夜諾？」其中一個學長問。

另一個學長臉色變幾下，苦笑道：「學校裡還有哪個人叫夜諾，肯定只有大魔王了！」

「啊，那個夜諾啊。切！」幾個學長都蔫了，沒想到春城大學來了個絕色，還偏偏是大魔王的妞，跟大魔王搶妞，不是找死幹嘛。

學長們給季筱彤指路後，死心塌地的溜掉了，一點想法都沒有。美人雖所欲也，可大魔王更加可怕，遠離大魔王，珍愛生命，這是春城大學的頭號校規。

入學兩年，夜諾將整所大學從教員到學生，都調教得心驚膽戰了。活該他兩年都找不到女朋友，高山仰止，哪個女孩活膩了會愛上他。

一襲白衣的季筱彤走路不帶灰塵，看似緩慢，實則速度極快的走向夜諾的宿舍。她有些小激動，兩隻小爪子交錯的扯著白色裙襬。

想到又能再見到那人，她在緊張。

終於，她站到夜諾宿舍的門口。

門內，老大和老四正一人霸佔一台電腦開黑，打得天昏地暗日月無光，一邊飆髒話，一邊八卦。

「老四，你站位有問題，老子要被爆頭了快來救急。」

「老大你特麼站位才明顯有問題，像我這種技術性人才，你讓我用蠻力這麼沒有技術含量的打法，你還有沒有人性。」

「奶奶的，死了。」老大把鍵盤一扔，罵道。

「嘿嘿，我也掛了。」老四點燃一根菸，遞過去：「老二老三都不在，咋感覺這麼寂寞啊。當時我們就應該跟過去的，就他們，我不放心。」

「畜生。你哪裡是想跟過去？你呀就是怕人家老二找到女朋友了，你還是單身狗，就是饞人家陰城大學美女多，想要過去找一個物件。」老大不愧是老大，自己宿舍兄弟什麼尿性他不知道，很快就看透老四的本質。

「我咋能是這樣的人咧。」老四乾笑兩聲：「退一萬步，哪怕老二順利脫單了。咱們宿舍還不是有三個單身狗。我一個，你一個，以老三牛逼的鋼鐵直男性格，估計他一輩子都要單身的。」

「對對，老三不可能找得到女朋友。大學剩兩年，有他墊底，我還是很安心的。」老大直點頭。

兩個單身狗一同非常肯定，人家夜諾脫單無望是眾望所歸，他們倒還是有希望的。

就在這時，門口站著緊張猶豫了好半天的季筱彤，終於敲響了男生宿舍的門。

老大和老四聽到敲門聲，愣了愣：「誰？」

沒人回答。

「誰？」兩個傢伙又問。

……

終於，一個清冷的聲音穿進來：「我。」

呃，是女生的聲音，而且光憑這個聲音判斷，這個女生的長相絕對不一般，閱愛情動作片無數的兩隻單身狗互相一瞪眼，爭先恐後的衝過去開門。

門打開，白衣如雪的季筱彤，出現在兩人眼前。美得彷彿不像在人間的女孩，讓兩隻狼呆愣了眼，好半天都沒反應過來。

「美，美女，你是不是走錯地方了？」老大和老四結結巴巴的問。

季筱彤退後幾步，朝宿舍門牌看一眼，並沒走錯，所以她搖了搖頭。

這姑娘冰冰冷冷，而且沒有表情，又說自己沒有找錯地方，老大老四怎麼都想不出她到底來找誰。這麼漂亮的女生不要說春城大學沒有，估計整個春城也沒有吧。

「你，你你你找誰？」老大摳著頭問。

一見到美女，他說話就不麻利，這是家族遺傳。

「夜諾，」季筱彤惜字如金：「在不在？」

臥槽，來找夜諾的，這是夜諾的馬子？老三什麼時候悄無聲息的交女朋友了，還是這種人間絕色，他哪裡騙來的？

老大老四牙癢癢的，當即決定等夜諾回來了嚴刑拷打油炸伺候。

「美女，你是咱們宿舍老三的什麼人？順便問一下，你有沒有單身而且喜歡我這種知識青年的妹妹？」老四熱情的湊上去。

季筱彤臉色有些複雜，她答不上來自己到底是夜諾的什麼人，甚至她來找夜諾的藉口也還沒想好。

但，她就是想見他。

「夜諾在哪？」她說出的，仍舊是這段話。

「他啊，他和老二一起去……」老四剛想說出夜諾的行蹤，突然，眼前的冰美人臉色不知為何就變了。

季筱彤望向天空，她感到一股極為古怪的力量正在朝她湧來，避無可避。

這股力量是李家運聖女的詛咒。

不幸之咒。

那股不幸的力量，瞬間就撲向季筱彤，還沒來得及反應，整個陽台都塌了。

老大和老四尖叫著和季筱彤一起跌落下去，在空中手舞足蹈，驚恐無比。這兩個人是那個人的舍友，聽語氣甚至還是好友，不能讓他們因自己受傷，否則那個人肯定會不開心。

「冰天雪柱。」季筱彤五指一張，冰雪氣息湧出，將地面凍結，冰晶蔓延開，從凍結的地面上長出一層一層的冰滑梯，正好凍住陽台碎塊，將老大老四都接住了。

兩個人安然無恙的滑到樓底下，兩人看著這超越常識的一幕，非常懵。

「這什麼情況，這些冰哪裡來的？難道這位冰美人是現實中的愛莎公主。」老四結巴的問老大。

老大腦迴路很長，倒是很能理解：「老三不是正常人，他馬子肯定也不正常，人家會放冰，那就很好理解了。」

「受傷？」季筱彤看著雖然有些狼狽，但是沒有大礙的兩個人，問道。

「沒有沒有。」老大老四連忙擺手。

「夜諾在哪？」季筱彤又問。

「他在……」兩人再次準備告訴她夜諾的行蹤，就在這時，整棟宿舍都塌了。巨大的爆炸聲不絕於耳，無數煙塵湧起，遮天蓋地暗無天日。

季筱彤長袖一捲，冰雪之力隔空抓住老大和老四，帶著他們往後飛退。等到安全的地方後，她定睛一看，這兩個知道夜諾行蹤的傢伙不知道何時被某一顆飛來的小石頭擊中，好死不死的正好擊中腦袋，兩個人雙雙暈過去。

「哼，運聖女！」季筱彤一跺腳，沒有太多感情色彩的她怒了。

她叫了救護車，心思流轉不停。春城大學的校領導整個就像一團亂麻，焦頭爛額到不行，他們無論如何也想不到，整棟學生宿舍崩塌，令數百個大學生流離失所沒地方可住的終極元凶，竟然只是一隻大胸蘿莉不想讓另一個冰冷三無女知道某個人的行蹤罷了。

還好，這次樓塌，奇蹟般並沒有人受傷。

除了躺醫院的老大和老四兩個無辜的躺槍者除外。

但也正是因為這兩個人的昏迷，季筱彤暫時無法得知夜諾的去向，季筱彤陷入了沒有目標的僵局中。

而夜諾正在陰城的路上狂奔，他在和時間賽跑。

因為老二李家明以及程覓雅的電話都打不通，這不正常的現象只說明了一件事——

老王叔叔已經找到他們了！

13 絕望之路

李家明樂呵呵的和程覓雅待在夜諾畫的圈圈裡。

圈圈很小，小得只容得下一張小沙發，小沙發上兩個人擠在一起，有一搭沒一搭，尷尬的聊著天，間或看看手機。

李家明的心臟怦怦直跳，作為富二代，他屬於稀有的純情種，活了二十年，甚至都沒有真正談過一場戀愛。

直到看到程覓雅的那天開始，李家明就知道，這輩子他算是栽了，栽在她身上。

這特麼就是愛啊，真美妙。

哪怕兩人拘束的各坐在小沙發的一端，盡量不礙著對方，可有時候不小心碰到對方的肩膀，程覓雅就臉發紅，默不作聲的低下腦袋。

李家明心裡笑開花，這證明未來媳婦心裡還是有自己的嘛。

「夜諾先生怎麼還沒回來，家明，你說你朋友會不會有危險？」程覓雅放下手機，望著窗外發呆。

窗外天光大亮，已經快上午十點半了，明明是個陽光普照的晴天，但她還是感到有點害怕，她總覺得，老王叔叔不會那麼輕易放過她以及她的家人。

不知道家人在那個恐怖的家中到底怎麼樣了。

她不敢聯絡家裡，甚至不敢打開電話的定位和通訊信號，這是夜諾囑咐她的。因為老王叔叔這怪物很不一般，誰知道它會不會通過手機信號找上門來。

希望家人都還好吧。

「你害怕嗎？」李家明輕聲問。

「嗯，有一點。家明，你不怕嗎？」

李家明拍拍胸口：「老子天不怕地不怕，所以有我在你身旁，你也別怕。至於老三，你別擔心，當初他沒超能力的時候，就已經是大魔王級別的人物了，更不要說現在，估計要老三死，需要地球毀滅才做得到吧。」

作為普通人，李家明無法理解夜諾體內的暗能量，只能歸為超能力了。

「你對你朋友真有信心。」程覓雅笑起來，那清純的笑撲面而來，又令李家明心臟怦怦亂跳了好幾下。

她似乎被自己的話安慰到。

「如果你知道老三在我們學校做過什麼事，你估計也完全不會擔心他的。」李家明撓撓頭。

他的宿舍一屋子怪人，肌肉狂，價值觀扭曲的富二代，技術宅男，如果不是有老三太耀眼太強勢的壓著，恐怕早就群魔亂舞了，哪會有那麼和諧。

就在這時，李家明手裡的電話催命符似的響起來。

夜諾打來的！

李家明和程覓雅對視一眼，將電話接通，手機對面只傳來了夜諾咆哮似的一句話。

「夜諾先生說什麼？」程覓雅見李家明臉色有些古怪，連忙奇怪的問。

「老二讓我們逃到樓外的地下室去，還是立刻。」

「那我們趕緊逃出去啊。」她站起身。

李家明一把將程覓雅抓住了，他雖然看上去不靠譜，但也分情況，實際上一個富貴家庭出來的娃，怎麼可能是思想上的小白。

「具體問題具體分析，老三走的時候，叫我們千萬不要離開這個圈。」李家明說，其實他清楚，這個圈就是老三給自己留機會和未來媳婦獨處的光架子，沒啥用。

「但現在夜諾先生，不是要讓我們離開這棟樓嗎？」

「可為什麼讓我們逃去地下室，這不對勁兒啊。」李家明皺皺眉頭：「我曾經問過老三，這個圈沒用了的話，該怎麼辦。當時他沒說話，只是指了指天花板。老三聰明絕頂，心思細密，肯定佈置得萬無一失了。怎麼會突然發出前後矛盾的指令呢？所以只有一個可能——剛剛那通電話有問題。」

程覓雅撲閃著大眼睛，覺得李家明的話很有道理：「那我們現在怎麼辦？」

「往上逃，逃到樓頂去。」李家明斬釘截鐵的說：「既然電話有問題，那極有可能剛才的通話不是真正的老三打來的，而是……總之，屋子裡已經不保險了，去樓上屋頂。」

他沒繼續說下去，猶豫一秒，拉著程覓雅的小手手就往外走。

程覓雅沒有掙扎，任由他抓著。兩人還沒踏出白圈，突然，大門外邊傳來了敲門聲。

「誰！」兩人嚇了一大跳。

「我啊。」門外傳來了熟悉的聲音，分明是夜諾特有的語調。

「是夜諾先生，他回來了！」程覓雅驚喜道。

「開一開門，我帶來了好消息，咱們有救了。」門外的夜諾又道。

「好的，等等，我馬上來開門。」她準備向前走。

李家明一把將她向後拉，她險些站不穩，摔進他的懷裡，他來不及感受軟玉溫香，而是焦急的捂住程覓雅的嘴。

「噓，別說話。門外不是老三。」

「嗚嗚，怎麼會？」

「聽聲音確實像，可他沒有進來，還讓我們開門。」

「不開門夜諾先生怎麼進來。」程覓雅道。

李家明渾身都在發抖：「傻瓜。老三他早就把指紋輸入指紋鎖裡了，他要進來，需要我們開門嗎？」

程覓雅全身一震，她臉上流露出恐懼：「那什麼在外邊？」

「還能有什麼，老王叔叔，來了！」李家明一咬牙，急忙往樓上竄：「快逃。」

這套房子在頂樓，樓上就有個小花園。昨晚李家明看到夜諾在小花園裡不知道佈置了些什麼，雖然沒聽他明說，但肯定是救命的東西。

他和程覓雅瘋了般一腳踏出白圈，大氣也不敢出。

門外的夜諾聲音頓時就扭曲了，砰砰砰，三聲巨大的響震耳欲聾，彷彿整棟樓都被撞得搖晃起來，防盜門猛烈的震動著，還好這門品質不錯，沒有倒下。

「嘻嘻嘻，你們不讓我進來是吧。那好，那好，我自個兒進來了。」門外的人用冰冷徹骨的聲音說著，陰森森的語調令人不寒而慄。

啪啪啪！

又是一連串的爆響，門外的東西碰撞到什麼，發出幾聲慘嚎：「什麼東西，竟然能阻止我進去。」

「走。」李家明和程覓雅心臟嚇得亂跳，在這頗為豪華的住宅中，三面環繞的落地玻璃令屋子明亮無比。

可陽光並沒有帶來溫暖和安全。

通往屋頂小花園的樓梯在廚房的陽台背後，距離這裡足足三十公尺。在平時看起來平淡無奇的三十公尺，現在變得咫尺天涯。

兩人踏出夜諾畫的白圈，拚命的逃往廚房。

「嘻嘻嘻，家明，雅雅，你們為什麼不給我開門？你們不是最喜歡老王叔叔我了嗎？我也喜歡你們。」門外的東西用陰陽怪氣的語調說。

就在兩人跑出一半客廳的瞬間，天，黑了。

明明才早晨十點半，天突然就黑了，窗外黑漆漆不見天日，就連屋子裡也徹底沒有了絲毫的光亮。

「日，日食了？」程覓雅結結巴巴的問。

「不，不是。」李家明顫抖的說：「老王叔叔，把窗戶外的光都遮住了。」

「什麼意思？」

「它用嘴把我們所在的樓層吞進去。」

「怎麼可能，你怎麼知道？」程覓雅用力抱著李家明的胳膊。

「我也不知道我為什麼知道，總之，我就是有這個感覺。」李家明苦笑，他掏出手機，調出手電筒功能。

一道光射過，黑暗被戳破。

就著這道光，他們不斷地前進，向著陽台走。大平層太大了，每走幾步，都能聽到四面八方傳來的擠壓聲，甚至還有玻璃不堪承受沉重的壓力，就快要破裂的難聽摩擦聲。那感覺是咀嚼肌在用力的咬核桃。

他們的屋子，就是那顆怪物嘴裡岌岌可危的核桃。

「雅雅，你昨晚為什麼不回家？小小年紀就在外留宿可不是什麼乖孩子應該有的行為。你媽媽可擔心你了，老王叔叔我也最擔心你。」老王叔叔那隻怪物的聲音從各個方向傳來。

程覓雅和李家明對視一眼，雙方都看出對方眼中的恐懼，聽聲音這屋子果然被老王叔叔含在嘴中。

「我們還要逃到屋頂上去嗎？畢竟我們現在可在老王叔叔的嘴中，待在這兒至少還有一層鋼筋水泥保護，如果出去，就什麼保護都沒了。」程覓雅擔心道。

「去。待在這裡不知道會發生什麼更加恐怖的事情，我相信老三。」李家明說。

她沒再開口，死心塌地的跟在李家明身後，兩人手牽著手，兩隻手死死的拽著對方，決定死都不放開。

一步一步，通往小花園的樓梯還剩十多公尺，從來沒有這麼長的十多公尺，彷彿永遠都沒有盡頭似的。黑暗在蔓延，房子外吹來一股腥臭，非常非常的臭，臭得令人窒息。

李家明手裡的燈是唯一的光源，一聞到臭味，他心裡暗叫一聲不好：「糟了，使勁兒跑。」

「怎麼了。」

「有味道。我們能聞到老王叔叔的氣息了，也就說明房子不再是密封的，屋子很快就會塌掉！」

兩人嚇得心驚膽戰、膽戰心驚的往前跑。突然，就聽劈啪一聲，滿屋玻璃全部破碎，無數玻璃碎塊飛散，掉落在地上，傳來劈哩啪啦巨大連綿的響聲。

「快快快！」李家明顧不得啥了，拉著程覓雅用上吃奶的力氣跑。

沒跑出幾步，兩人簡直絕望了，原本還剩下幾公尺的地方是通往屋頂花園樓梯的位置，一根紅紅的碩大的軟綿綿的東西探過來。

那、那、那特麼，分明是一條舌頭。

一根足足有三公尺寬、不知道多長的老王叔叔的舌頭。

「舌，舌頭！」程覓雅目瞪口呆，驚恐不已。

「趴下。」舌頭拚命的擠入門框，從樓梯上方滑溜溜的探過來，朝她席捲過去，家明連忙將程覓雅往地上一按。

兩人堪堪躲過舌頭的攻擊。

「門被舌頭堵住了，我們該怎麼辦？」程覓雅驚慌失措的問。

李家明抱著她：「不怕！」

他一咬牙，掏出祖傳的玉佩。

「這塊玉佩不是已經壞了嗎？」程覓雅問。

「確實是壞了，但老三昨晚擺弄幾下，說臨時補救，還可以用一次。」李家明用力將祖傳的玉佩朝舌頭扔過去。

玉佩劃過一條弧線，正好貼在巨大的舌頭上。

蛞蝓似的舌頭猛然劇烈抖動幾下，說時遲那時快，玉佩上爆起刺眼的白光，那白光瘋狂灼燒著舌頭。

舌頭的主人慘呼著將舌頭縮回去。

「走！」趁著舌頭往回縮，露出逃往小花園的樓梯，李家明拽著程覓雅繼續逃。

他們縮著肩膀拾階而上，跑出這輩子最快的速度。終於，兩人感覺眼前一亮，黑暗不再那麼黑了，小花園中央出現一個白圈。

極亮極刺眼的白圈。

「那就是老三準備的救命玩意兒。快快！」李家明和程覓雅朝白圈跑。

「雅雅，快回家吧。外面不安全。」老王叔叔的聲音從四面八方傳來：「不過你竟然敢把我弄傷，你們真不乖，老王叔叔一定會懲罰你們。」

樓頂小花園雖說是小花園，但它一點都不小，足足一百多平方公尺。白圈在花園的中間，距離兩人十二三公尺，兩人又是一陣瘋跑。

「再不回家，雅雅，你的家人可會想死你的，對啊，對啊，他們都快要死了。」老王叔叔又說。

「別聽它的。」見程覓雅有些猶豫，李家明大叫道：「它在動搖你。」

「我知道。」程覓雅哪裡不清楚，可畢竟關係到自己的家人，只是這一個恍神的工夫，天空中猛然間傳來一股吸力。

借著光，傳來吸力的地方，出現一條黑乎乎的通道。那是老王叔叔的咽喉，甚至還有晃來晃去的扁桃體，老王叔叔在吸氣，想要將兩人吸入肚子裡。

「啊！」程覓雅尖叫一聲，整個人都被吸得飛起來。

李家明眼疾手快，一隻手抓住不遠處的鐵架子，一隻手死死拽住程覓雅。他們被狂風吸起，身體一條線，搖擺不定的倒飄在空中，只要稍微有一些疏忽，就會被老王叔叔吞進肚子裡。

「手好痛。」一隻手承受著兩個人的重量和吸力，李家明感覺快承受不住了。他五根手指痛得厲害，彷彿在下一秒就要斷裂了似的。

「放手，家明，老王叔叔要的是我。家明，你沒必要幫我到這一步，我不想害死你。」程覓雅拚命掙扎，想要從李家明的手心裡掙扎出去。

她心裡只是想，老王叔叔得到她之後，肯定會放過李家明。她一個人承受痛苦就好。

「傻瓜，自從看到你的第一眼，老子就認定你是我的女人了。」李家明霸氣的吼了一句：「所以，我無論如何都不會放手的。」

「你才是傻瓜，你才是，你才是傻瓜。」程覓雅感動得眼淚一滴滴往外流個不停，流出的眼淚都被吸力吸上天空。

看著那滴滴眼淚的軌跡，李家明突然眼前一亮。

「咦，我有辦法了。」

「還能有什麼辦法？」程覓雅歎息。

「你看你的淚水，飛到老三佈置的白圈上空時，就陡然落下去。」李家明說：「如果找個時機放手，一定能在被老王叔叔吃掉前，飛躍白圈上方，到時候咱們就有救了。」

「可是機率並不高啊。」程覓雅轉頭一看，白圈和他們距離太遠，想要準確的飛到白圈上空並不容易。

「賭一把，橫豎也只是死罷了。」李家明咬牙道，他實在撐不住了。

「那，那就賭吧。我我，不怕。」程覓雅用力點頭。

他們睜大了眼睛，看時機。

「就是現在。」吸力在不斷發生變化，雖然不知道老王叔叔一口氣能吸多久，但現在並沒有停歇的勢頭，不能再等下去了，李家明瞄準白圈的位置，放了手。

「啊啊啊！」程覓雅尖叫一聲，兩人同時被吸力吸上天空。只感覺天旋地轉，黑暗包裹了渾身，他們在氣旋中飛舞，眼看越飛越遠了。

「完了！」李家明苦笑，失算了，他哪裡知道空中的情況這麼複雜。老王叔叔顯然猜到兩人的打算，一口氣沒過，又深呼吸了一口氣，怪物果然是怪物，簡直是沒有道理，和人類身體構造不一樣。

「是我拖累了你，對不起，對不起。」程覓雅眼巴巴的看著他們就要被吸入老王叔叔的咽喉，滿臉脆弱又哭起來。

「別哭，要死，至少我們是死在一起的。」李家明大吼一聲。

「死個屁，有我在，你們死不了！」就在這時，一股向下的拉力往下一拽，兩人突然向下墜落，地下身影一閃，高空失重掉下尖叫的兩人，被一雙手牢牢抓住了。

「老三！」李家明驚喜道。

夜諾不知何時回來了，真回來了。他一手一人將他們提在手中，隨手一甩，程覓雅和李家明就被穩當的扔進白圈中。

兩人心臟仍舊怦怦亂跳，坐在地上一動也不敢動。

夜諾看也沒有看他們，只是抬頭望著天空。

「什麼人！」天空中傳來了怒吼。

「我是你大爺。」夜諾道。

隨著一聲冷哼，一條巨大的舌頭飛過來，夜諾一把銅豆撒過去，包含暗能量的銅豆子打在舌頭上，不斷閃爍著亮光，劈哩啪啦的爆炸聲不絕於耳。

「痛！好痛！」巨大舌頭被銅豆子炸得皮開肉綻，空中的聲音痛呼不已。

「這算什麼，還有更痛的。」一夜諾將百變軟泥變成一把長弓，抽出背上不知道哪個廢品收購站中撿來的鏽跡斑斑的鐵釺，運滿弓弦，瞄準老王叔叔的咽喉。

暗能量輸入鏽鐵釺，手指一鬆，鐵釺彷彿閃電般飛射而出，朝咽喉深處刺去。

鋒利的鐵釺散發著微微白光，刺破黑暗，深深刺入了老王叔叔的喉嚨，老王叔叔慘嚎著，咒罵著，猛然間，天光大亮。

太陽，終於露出來了。

——尾聲——

「老三，老王叔叔把我們的大樓吐出來了。」李家明大喜。

「噓，別說話。」夜諾站在小花園中間，烈日當頭，陽光鋪灑在大地上，可他一丁點都不敢掉以輕心。

老王叔叔似乎消失了，到處都沒有看到。

「夜諾先生，它去哪裡了？」程覓雅問。

「不清楚。」夜諾戴上看破，幽光閃過瞳孔，視線所及之處，無數的資料在流動。這滿眼的資料不斷消耗著夜諾體內的暗能量。

夜諾控制著暗能量的流動速度，縮減檢查範圍。

這裡！

終於，他在右側某一處地方，看到一串數值。能量指數六百點，相當於猴別穢物。夜諾皺皺眉頭，奇怪了，這不太對。老王叔叔上一次攻擊自己和李家明時，隨便洩露出來的氣息，也不止猴級。

難道，來的只是穢物的一個分身？

夜諾將百變軟泥變成的弓迅速移動，瞄準穢物射了一箭。

「嘻嘻，除穢師，你是除穢師對吧，一個小小的，只有三十點能量的除穢師，連我老王叔叔的牙縫也不夠填。」老王叔叔尖銳的笑著，躲過這一箭。

「我能量雖然少，但一定會給你驚喜的。」夜諾撇撇嘴：「今天你來了，就別想走。」

「就你，還想留下我？」老王叔叔大笑：「小傢伙，我喜歡你，你不如一起和雅雅回來，成為我的家人吧。」

說完，它猛然化為一團黑霧，出現在空中。黑色的霧氣一捲，變成一隻大手朝夜諾抓過來。

夜諾冷哼一聲，在地上猛地一踩，整個小花園以白圈為中心，大量的圈一個又一個浮現，最終化為密密麻麻看不清的陣法。

「這是什麼？」老王叔叔詫異道。

「小把戲罷了。我讀了三千多本書，學了幾萬種除穢術，雖然受限於實力低微，但許多種除穢術重疊起來，就會產生化學連鎖反應，威力呈指數放大。」夜諾體內的暗能量非常精純，遠遠不是普通除穢力能夠比擬的。

「白敕！」

隨著一聲喊，無數陣法放大他的能量，化為一根蒼天大箭，刺破空氣，以難以躲避的速度將那隻巨大的手刺穿。

老王叔叔慘嚎一聲，黑霧般的身體彷彿刺破的氣球，化為一股煙塵消失得無影無蹤。

周圍壓抑的氣氛也隨之消散，程覓雅和李家明癱軟在地，目瞪口呆的看著眼前難以理解的場景。

「老王叔叔，死了？」李家明結結巴巴的問。

夜諾搖頭：「殺掉的應該只是它的其中一個分身，不過危機暫時解除了。」

「那怪物一個分身都這麼可怕。但是老三，你也是真牛逼，那麼可怕的怪物都被你搞定了，而且搞定得那麼輕鬆。」李家明咂舌。

輕鬆？

夜諾暗中苦笑。他記性不錯智商高，天知道昨晚下了多少苦功，推測了多少種情況，才將「白敕」順利的施展出來，畢竟這「白敕」至少也需要B級除穢師才有能力使用。

何況事情遠遠沒有結束，甚至遠遠沒到鬆一口氣的程度。

「夜諾先生，你是怎麼知道我們有危險、提前回來救我們的？明明你早晨出發的時候說要晚點才能回來。」程覓雅捋捋亂糟糟的黑髮。

「發生了一些複雜的事。」夜諾揉揉鼻子：「老實說，情況比我想像的更加糟糕。」

「怎麼個糟糕法？」李家明縮縮脖子。

「比你想的更加糟糕。我在張恒家發現一些東西，那些東西讓我聯想到很多。」夜諾整頓了思維，緩緩道：「或許老王叔叔出現在張恒家，出現在程覓雅家，甚至程覓雅說你第一次就能看到老王叔叔，還能張口就叫出老王叔叔的名字……這一切，其實早就有聯繫了。」

「啊！」李家明和程覓雅對視一眼，萬萬沒想到，夜諾會說出這樣的話。李家和程家，甚至張恒的家之間，能有什麼聯繫？怎麼想也想不出來啊。

就在夜諾要說出秘密的瞬間，突然一股龐大的邪惡氣息湧過來，夜諾臉色頓時大變，下意識向後猛退。

說時遲那時快，一張龐大的、戴著面具的臉從空中如同流星墜落，一張口，就咬破白圈結界，將程覓雅和李家明兩人雙雙吞進去。

還沒等夜諾反應過來攻擊，兩人和老王叔叔的臉，已經徹底消失得無影無蹤，了無蹤跡。夜諾呆了呆，站在狼狽破敗的小花園前，望著漫漫的陰城。

城市裡人來人往，樓下車輛川流不息，一切都很日常。可是日常掩蓋了城市陰暗面，誰又知道到底在暗地裡，發生著多少可怕詭異的神秘事件呢？

老二和他女友被老王叔叔帶走了，夜諾非常不甘心，他正在下決定，一個關係到幾個家庭的生死，甚至他小命的決定。

想了半個小時，他一咬牙，吐出四個字：「媽的，拚了！」

下樓，搭車，又一個小時過後，夜諾站在程覓雅家門口。他難得緊張，抬起手，重重敲響防盜門。

「誰啊？」裡邊有人問。

「我。」夜諾回答。

門，吱呀一聲開了。夜諾硬著頭皮，走進了這如同地獄般的大門。

走進去的一瞬間，門重重合攏，彷彿一併合攏的，是所有人的生機！

——本集終——

夜不語作品 37

怪奇博物館 103：座敷靈（上）

國家圖書館出版品預行編目資料

怪奇博物館 103：座敷靈. 上 ／ 夜不語 著.
— 初版. — 臺北市：春天出版國際， 2020.09
面；　公分. —（夜不語作品；37）
ISBN 978-957-741-293-5（平裝）
857.7　109013212

版權所有・翻印必究
本書如有缺頁破損，敬請寄回更換，謝謝。
ISBN 978-957-741-293-5
Printed in Taiwan

作者	夜不語
總編輯	莊宜勳
主編	鍾靈
責任編輯	蘇星璇
出版者	春天出版國際文化有限公司
地址	台北市忠孝東路四段303號4樓之1
電話	02-7733-4070
傳真	02-7733-4069
E-mail	story@bookspring.com.tw
網址	http://www.bookspring.com.tw
部落格	http://blog.pixnet.net/bookspring
郵政帳號	19705538
戶名	春天出版國際文化有限公司
法律顧問	蕭顯忠律師事務所
出版日期	二〇二〇年九月初版
定價	245元
總經銷	楨德圖書事業有限公司
地址	新北市新店區中興路二段196號8樓
電話	02-8919-3186
傳真	02-8914-5524

怪奇
博物館

The Strange Museum

怪奇
博物館

The Strange Museum